Bereits erschienen:

## MAGIC GIRLS

**Der verhängnisvolle Fluch**
978-3-7607-2823-0

**Das magische Amulett**
978-3-7607-2824-7

**Das Rätsel des Dornenbaums**
978-3-7607-4055-3

**Gefangen in der Unterwelt**
978-3-7607-4179-6

**Die große Prüfung**
978-3-7607-5055-2

**Späte Rache**
978-3-7607-5230-3

**In geheimer Mission**
978-3-7607-6378-1

**Die Macht der Acht**
978-3-7607-6680-5

**Der dunkle Verräter**
978-3-7607-8355-0

**Der goldene Schlüssel**
978-3-7607-8466-3

Marliese Arold

# MAGIC GIRLS

## Gefangen in der Unterwelt

arsEdition

**Bibliografische Information der Deutschen Nationalbibliothek**

Die Deutsche Nationalbibliothek verzeichnet diese Publikation in der Deutschen Nationalbibliografie; detaillierte bibliografische Daten sind im Internet über http://dnb.d-nb.de abrufbar.

8 7 6 5     13 12 11 10



Text: Marliese Arold

Umschlaggestaltung und Illustration: elektrolyten, Petra Schmidt, München

Layout: Stefanie Sand

ISBN 978-3-7607-4179-6

www.arsedition.de

# Inhalt

# Man soll nicht hexen, wenn man sich schlecht fühlt

Ich habe Ihnen schon oft gesagt und kann mich nur wiederholen: Verhalten Sie sich unauffällig! Niemand darf Sie als Hexen erkennen. In der Vergangenheit hat es schon einige unerfreuliche Vorfälle bei Ihnen gegeben …«

»Ja, ja, ich weiß, das reiben Sie mir immer wieder unter die Nase.« Oma Mona schob den Mann, der pausenlos redete, mit sanfter Gewalt in Richtung Haustür. »Ich verspreche Ihnen, dass ich mich in Zukunft besser an Ihre Ratschläge halten werde.« Sie kreuzte die Finger hinter ihrem Rücken, doch das konnte der Hexilbeauftragte Aaron Abraxas Holzin nicht sehen. »Und jetzt gehen Sie bitte, ich habe zu tun.«

»Es ist nur zu Ihrem Besten«, betonte Holzin und stemmte sich gegen Monas schiebende Hand. »Und denken Sie unbedingt an die Weihnachtsdekoration. Menschen lieben dieses Fest nun mal, und es würde unangenehm auffallen, wenn in Ihrem Fenster oder an Ihrer Tür kein einziger Weihnachtsstern hängt, kein Weihnachtsengel, kein Tannenzweig, kein Mistelzweig, keine Glaskugel, kein …«

»Ich kümmere mich darum!«, sagte Mona Bredov barsch, drückte etwas kräftiger gegen Holzins Rücken und hatte den Hexilbeauftragten endlich über die Türschwelle geschoben. Sie schlug ihm die Haustür vor der Nase zu und lehnte sich aufatmend gegen die Wand.

»Lästiger Kontrollfuzzi! Lass dich hier bloß nicht mehr so schnell blicken!«

Sie überlegte, ob sie einen Abwehrzauber auf die Schwelle legen sollte, doch dann entschied sie sich dagegen. Das würde nur wieder neuen Ärger bedeuten …

Aaron Abraxas Holzin hatte ihnen in der Vergangenheit sehr geholfen. Unter anderem hatte er auch dieses großartige Haus für sie besorgt. Offiziell befanden sich die Bredovs noch im HEXIL. So nannte man einen längeren Aufenthalt in der Menschenwelt, bei dem die Hexen natürlich inkognito bleiben sollten. Die Bredovs hatten sich ursprünglich dafür entschieden, fünf Jahre hierzubleiben, um ihren guten Ruf wiederherzustellen, den sie in der Hexenwelt leider verloren hatten. Doch alles hatte sich geändert, seit sich vor Kurzem herausgestellt hatte, dass Leon Bredov kein Schwarzmagier, sondern in Wirklichkeit ein wichtiger Geheimagent war, der für die Zauberregierung arbeitete.

Mona runzelte ärgerlich die Stirn. Sie fand, ihr Schwiegersohn hätte sie einweihen müssen, dann wären ihnen eine Menge Ärger und Unannehmlichkeiten erspart geblieben. Aber zwischen ihr und Leon herrschte nicht das beste Verhältnis, und ein bisschen konnte Mona sogar verstehen, dass Leon IHR nichts von seiner wichtigen Mission gesagt hatte.

Mona konnte ihren Schwiegersohn nun einmal nicht leiden. Noch immer nicht. Sie fand nach wie vor, ihre Tochter Jolanda hätte einen besseren Mann verdient. Aber das war leider nicht mehr zu ändern. Jetzt erst recht nicht, wo Jolanda so stolz darauf war, einen richtigen *Helden* geheiratet zu haben. Mona seufzte.

Dann öffnete sie noch einmal die Haustür. Der Hexilbeauftragte war zum Glück nicht mehr zu sehen. Monas Blick wanderte zum Nachbarhaus. Holzin hatte recht, die Menschen waren schon dabei, ihre Häuser weihnachtlich zu schmücken. Der Dezember hatte Einzug gehalten, und am kommenden Sonntag war der erste Advent, was immer das auch heißen mochte.

Die Nachbarn hatten ein beleuchtetes Rentier aus Weidengeflecht vor die Haustür gestellt, und Lichterketten schmückten den Balkon und die Terrasse. Auch bei den anderen Leuten glitzerte und funkelte es an den Fenstern, und fast alle Häuser in der Straße hatten in den Vorgärten auf Tannenbäumen Lämpchen angebracht. Die Meiers, die am Anfang der Straße wohnten, hatten sogar eine künstliche menschengroße Plastikfigur an ihrer Hauswand. Es sah aus, als wollte ein Einbrecher in einem roten Mantel und mit einem weißen Bart über den Balkon einsteigen. Merkwürdige Weihnachtsbräuche!

»Wenn Holzin meint, dass wir unbedingt auch solchen Schnickschnack brauchen – bitte!« Mona sah sich um, bevor sie mit den Fingern schnippte. Schon hing eine Lichtergirlande an der Fassade des Hauses. Ein zweites Schnippen – und ein dicker Kranz aus Tannenzweigen klebte an der Haustür.

»Einfach geschmacklos«, murmelte Mona und zeichnete mit dem Zeigefinger einen Kringel in die Luft. Rote Schleifen schlangen sich um den grünen Kranz. Dann hauchte Mona in die Luft, und schon waren Tannenzweige und Schleifen mit silbrigem Glitzer bedeckt.

»So, das reicht jetzt wirklich«, sagte Mona und schloss die Haustür. Als sie sich umwandte, sah sie, wie ihre Enkelin Elena die Treppe herunterkam.

»Was hast du gemacht, Oma? Ich habe gespürt, dass du gerade gehext hast. Bei offener Tür! Hoffentlich hat dir niemand auf der Straße zugeschaut!«

»Für wie dumm hältst du mich?«, regte sich Mona auf. »Natürlich habe ich aufgepasst, bevor ich die Weihnachtsdekoration ans Haus gehext habe. Unser Hexilbeauftragter meinte nämlich, dass wir so etwas unbedingt brauchen, um nicht aufzufallen …«

Elena ging an ihr vorbei, öffnete die Haustür und besah sich Monas Werk. Sie quietschte vor Begeisterung laut auf. »Das ist ja wunderschön, Oma!« Ihre Augen leuchteten. »Die vielen, vielen Lichter! Und der tolle Kranz! Wie schön der glänzt!«

»Du hast keinen Geschmack, Elena. Das ist doch absolut kitschig.«

»Also – ich finde das super!«, widersprach Elena. »In der Schule haben wir einen Adventskranz und im Pausenhof steht ein großer Weihnachtsbaum. Bei Nele zu Hause ist auch schon alles geschmückt, und Jana hat erzählt, dass ihre Mutter am Wochenende Weihnachtsplätzchen backen will und …«

»Wir sind Hexen, Elena!«, fauchte Mona ihre Enkelin an. »Wir können uns das ganze Jahr solches Glitzerzeug hexen und brauchen nicht auf Weihnachten zu warten! Und ich mache das Theater auch nur mit, damit unser Hexilbeauftragter zufrieden ist und nicht ständig meckert. Oh, ich hatte vorhin wirklich große Lust, ihn in eine so komische Plastikfigur zu verwandeln, wie sie bei den Meiers an der Hauswand hochklettert. Aber ich hätte Holzin auf den Schornstein gesetzt, und meinetwegen hätte er dort den ganzen Winter über sitzen bleiben können.«

»Wie gut, dass du es nicht getan hast«, sagte Elena erleichtert.

Mona zuckte die Schultern und ging an ihr vorbei ins Wohnzimmer. Elena folgte ihr.

»Können Miranda und ich nachher den Garten weihnachtlich schmücken?«, bettelte sie. »Das macht uns bestimmt Spaß und wir üben dabei gleichzeitig für unser Hexendiplom!«

»Ach!« Mona wandte sich um. »Das wäre mir aber neu, wenn man bei der Hexenprüfung jetzt Weihnachtsmänner und Rauschgoldengel zaubern müsste!«

Elena wurde rot.

»Du solltest lieber *Metamorphose* üben«, fuhr Mona fort. »Als du dich gestern im Garten in einen Waldkauz verwandelt hast, habe ich genau gesehen, dass du statt Krallen Menschenhände hattest, mit denen du dich am Ast festgehalten hast. Das bringt bei der Prüfung einen gewaltigen Punktabzug, darauf kannst du dich verlassen, Elena!«

»Das war nicht ich, sondern Miranda«, verteidigte sich Elena. »Bei ihr hat es nicht richtig geklappt!«

Mona zog die Augenbrauen hoch und sah ihre Enkelin verwundert an. »*Miranda?* Du willst mir weismachen, dass deine Freundin beim Hexen geschlampt hat? Das glaube ich nicht! Miranda ist eine ausgezeichnete Hexe, sie hat großes Talent. Ich weiß, dass du so etwas nicht hören willst, aber Miranda wird es einmal weiter bringen als du, Elena! Obwohl du eine echte Bredov bist! Unter unseren Vorfahren hat es etliche berühmte Zauberer und Hexen gegeben.« Ihr

Blick wurde milder. »Aber ich muss dir ja zugutehalten, dass du leider auch Leons Blut in den Adern hast …«

»MUTTER!«, kam es jetzt vorwurfsvoll aus dem Wohnzimmer. »Bitte gewöhne dir endlich ab, Leon als Taugenichts zu bezeichnen! Das stimmt nun wirklich nicht, das solltest mittlerweile auch du begriffen haben!« Jolanda kam auf Mona und Elena zu. Ihre Augen blitzten vor Zorn. »Leon ist ein großer Zauberer, ein mächtiger Hexer! Sonst hätte ihn die Regierung bestimmt nicht als Geheimagent …«

»Ja, ja, schon gut, mein Kind!«, schnitt Mona ihrer Tochter das Wort ab. »Das musst du uns jetzt nicht ständig unter die Nase reiben. – Trotzdem finde ich, dass Elena nicht lügen soll. Sie muss sich gewaltig anstrengen, wenn sie das Hexendiplom schaffen will.«

»Aber ich war nicht der Waldkauz«, sagte Elena verzweifelt. »Ich habe mich gestern in eine Taube verwandelt. Bei Miranda hat es nicht ganz geklappt!«

»Miranda macht beim Hexen Fehler?«, fragte Jolanda erstaunt. »Das ist ja ganz und gar ungewöhnlich.«

Mona nickte. »Genau meine Worte.«

Beide Frauen sahen Elena an und warteten auf eine Erklärung.

Elena druckste herum. »Ich glaube, es geht Miranda momentan nicht besonders gut. Sonst ist sie beim Hexen immer viel besser als ich, aber in den letzten Tagen macht sie wirklich dauernd Fehler. Ich habe keine Ahnung, was mit ihr los ist. Vielleicht hat sie sich angesteckt. In der Schule geht nämlich gerade die Grippe um. In dieser Woche war ein Drittel unserer Klasse krank.«

»Menschengrippe«, sagte Oma Mona kopfschüttelnd. »Eigentlich sollte sie uns Hexen nichts anhaben können.

Wir haben doch besonders starke Abwehrkräfte. Soll ich Miranda einmal *magisch scannen?* Vielleicht finde ich dann heraus, was mit ihr los ist.«

»Ich … ich weiß nicht, ob Miranda das möchte«, antwortete Elena schnell. »Ich kann sie ja mal fragen.«

»Tu das«, meinte Jolanda. »Wir wollen ja, dass es Miranda gut geht. Schließlich haben wir ihren Eltern gegenüber die Verantwortung für sie, weil wir sie ins HEXIL mitgenommen haben.«

Miranda galt in der Menschenwelt als Elenas Cousine, die bei den Bredovs lebte, weil ihre Eltern umgekommen waren. In Wahrheit waren ihr Vater und ihre Mutter gesund und lebendig, aber sie lebten in der Hexenwelt. Miranda hatte die Erlaubnis bekommen, ihre Freundin Elena zu begleiten, weil sie später unbedingt Diplomatin werden und zwischen den Hexen und den Menschen vermitteln wollte.

Als Elena wenig später in Mirandas Zimmer kam, war ihre Freundin den Tränen nah. Sie hockte auf dem Bett, in ihrem Schoß lagen die beiden Hälften eines zerbrochenen Tellers.

»Es wird immer schlimmer, Elena! Ich verliere meine Zauberkräfte!«

»Unsinn«, sagte Elena und legte ihren Arm um Mirandas Schultern. »Du darfst dich nicht verrückt machen, wenn das Hexen einmal nicht perfekt klappt. Ich weiß, du bist ehrgeizig und willst die Prüfung fehlerfrei schaffen. Das wirst du auch, bestimmt! Du übst nur viel zu viel, und deswegen bist du jetzt so ein Nervenbündel.«

»Das ist es nicht, Elena.« Miranda schluchzte. »Und das weißt du ganz genau.« Sie hielt die beiden Tellerhälften hoch. »Sieh dir das an!«

»Ein kaputter Teller. Na und?« Elena versuchte, ihre Stimme möglichst harmlos klingen zu lassen, obwohl sie sich in Wahrheit große Sorgen um Miranda machte. Irgendetwas stimmte mit ihr nicht …

»Ich habe den Auffangzauber geübt«, erzählte Miranda. »Ich habe den Teller hochgeworfen und wollte ihn anhalten, bevor er auf den Boden fällt. Das hat auch geklappt. Aber dann ist der Teller in der Luft zerbrochen.«

»Hm«, sagte Elena nachdenklich. Sie erinnerte sich daran, was in einer Lektion ihres Hexen-Fernkurses kurz erwähnt worden war. »Wenn er in der Luft zerbrochen ist, dann bedeutet das, dass du den Zauber *unsauber* ausgeführt hast.«

»Unsauber?«, wiederholte Miranda.

»Und das passiert dir jetzt leider öfter«, murmelte Elena.

»O nein, Elena!« Miranda ließ die Scherben auf den Boden fallen und schlug die Hände vors Gesicht. *»Unsaubere Zauberei!* Ich fass es nicht. Wie kann das sein?« Sie begann erneut zu schluchzen.

»Das wird schon wieder«, versuchte Elena sie zu trösten. »Du ruhst dich jetzt einfach ein bisschen aus und zauberst einen oder zwei Tage lang nicht. Inzwischen kannst du wieder neue Kräfte sammeln. Du wirst sehen, dann klappt alles wieder einwandfrei.«

Miranda spreizte die Finger und sah Elena an. »Du weißt nicht wirklich, was *Unsaubere Zauberei* bedeutet?«

»Na ja …« Elena hob die Schultern. Miranda hatte recht, denn Elena wusste nur, dass man mit *Unsauberer Zauberei* nicht gerade Bestnoten beim Hexendiplom bekommen würde.

»Das ist ganz, ganz schrecklich!«, sagte Miranda verzweifelt. »Jemand, der unsauber zaubert, kann niemals eine gute Hexe werden. Diese Angewohnheit haftet an einem wie eine

## Unsaubere Zauberei

Manchmal ist der Wille zu hexen größer als das Talent. So kann es passieren, dass der Zauber zunächst scheinbar gelingt. Kurz darauf stellt sich heraus, dass das Ergebnis jedoch genauso ist, als hätte man überhaupt nicht gezaubert.
Beispiel: Man will mit einem Zauber verschimmelte Marmelade wieder genießbar machen. Im Augenblick des Zaubers erscheint die Marmelade lecker und ohne Schimmelpilzbefall. Wenig später ist die Oberfläche jedoch mit einem weißen oder grünlichen Rasen überzogen. Der Genuss ruft Übelkeit und heftige Leibschmerzen hervor.
Solcher Scheinzauber wird auch als *Unsaubere Zauberei* bezeichnet. Stellt eine Hexe bei sich *Unsaubere Zauberei* fest, so ist das ein sicheres Zeichen, dass ihre Zauberkraft nur sehr schwach ausgeprägt ist. In diesem Fall soll sie von allen großen Berufsplänen, bei denen Zauberkunst gefragt ist, Abstand nehmen und lieber einen Dienst in der Verwaltung anstreben.

Erbkrankheit, man wird sie nie mehr los. Ich kann meine Karriere vergessen!«

»Jetzt übertreibst du«, meinte Elena. »Gut, ein paar Mal ist bei dir etwas schiefgegangen, aber das ist doch kein Grund, gleich alles aufzugeben.« Sie sah Miranda von der Seite an. »Ich glaube, dein Problem liegt ganz woanders, und das scheint mir viel logischer als deine Gedanken zu *Unsauberer Zauberei.*«

»Und was meinst du damit?«, murmelte Miranda dumpf.

»Du bist verliebt«, sagte Elena leise. »Und zwar in Eusebius, den jungen Hexer, den wir bei unserem Abenteuer in der Hexenwelt kennengelernt haben.«

Miranda lief rot an und knetete ihre Finger. »Ach Quatsch!«, sagte sie dann.

»Doch«, beharrte Elena. »Du hast dich in der letzten Zeit verändert. Manchmal sitzt du einfach nur da und starrst Löcher in die Luft. Und dann hörst du nicht einmal, wenn man dich anspricht.«

»Das hat nicht das Geringste mit Eusebius zu tun!«, behauptete Miranda.

»Aber du denkst oft an ihn, stimmt's?«, sagte Elena.

»Na und? Deswegen muss ich noch lange nicht in ihn verliebt sein.« Miranda strich sich nervös durch die Haare. »Zugegeben, er sieht gut aus und ist auch sehr nett. Aber er hat mich in der Zwischenzeit bestimmt schon vergessen.« Sie senkte den Kopf und betrachtete ihre Fußspitzen.

»Und du träumst nie von ihm?«, fragte Elena vorsichtig.

»Nicht, dass ich wüsste.« Miranda blickte ihre Freundin an. »Außerdem – wenn ich verliebt wäre, dann würde ich nachts garantiert *Amormagie* produzieren! Und? Hast du was gemerkt? Sind Geistererscheinungen durchs Haus marschiert und vor deinem Bett geplatzt?«

Elena schüttelte den Kopf. »Nein. Neulich kam zwar mal ein kopfloser Mönch vorbei, aber der hat es gerade so durch meine Tür geschafft. Dann ist seine Kutte einfach zusammengefallen. Ich wette aber, der Mönch geht auf Daphnes Konto.«

»Ich dachte, deine Schwester hätte mit Gregor Schluss gemacht?«, sagte Miranda.

»Sie machen Schluss, versöhnen sich, machen Schluss …« Elena seufzte. »So geht es mit Daphne und Gregor schon, seit wir in der Menschenwelt sind. Liebe scheint echt kompliziert zu sein! Kann sein, dass Daphnes Gefühle für Gregor ein kleines bisschen abgeflaut sind. Dann produziert sie wenigstens nicht mehr so viel *Amormagie* und meine Nächte sind ruhiger.«

»Ich wünschte, ich wäre verliebt«, sagte Miranda gequält. »Dann wüsste ich, warum meine Hexereien danebengehen. – Nein, Elena, ich glaube, es hat einen anderen Grund. Und der macht mir viel mehr Angst.«

Elena sah ihre Freundin fragend an.

»Ich bin verflucht«, flüsterte Miranda.

»Verflucht?«, wiederholte Elena entsetzt.

Miranda nickte. »Du erinnerst dich doch an die Versammlung der *Schwarzen Zauberkutten.*«

»Wie könnte ich das vergessen!«, sagte Elena.

Vor einigen Wochen hatte sie einen Hilferuf von ihrem Vater aus der Hexenwelt erhalten. Weil weder Oma Mona noch Jolanda in der Nähe waren, hatten sich Elena und Miranda auf die Reise gemacht, um Leon Bredov zu unterstützen. Dabei waren sie in eine Versammlung der *Schwarzen Zauberkutten* geraten, einer verbotenen Organisation. Die Schwarzmagier hatten versucht, ihren Meister Mafaldus Horus zu beschwören, der in einem Dornenbaum gefangen war. Fast wäre es ihnen auch gelungen, den großen Zauberer zu befreien, wenn Leon Bredov das nicht im letzten Moment verhindert hätte. Es war sehr dramatisch zugegangen und Elena und Miranda waren in große Gefahr geraten. Wenn der junge Hexer Eusebius nicht gewesen wäre, dann hätte das Abenteuer wahrscheinlich böse geendet …

»Mafaldus hat einen Fluch auf mich geschleudert«, wisperte Miranda. »Weißt du noch? *Verflucht sei deine Helferin!*, hat Mafaldus gerufen und dabei mich angesehen. Und dann kam diese ungeheure Kraft …«

Elena sah die Szene wieder so deutlich vor Augen, als hätte sie sich erst gestern abgespielt.

»Aber der Fluch hat dich doch gar nicht getroffen«, widersprach sie, während sie unwillkürlich zu zittern anfing – so schrecklich war die Erinnerung. »Eusebius hat einen Schutzschild errichtet … und dann …«

»Der Schild hat nicht gehalten«, sagte Miranda tonlos. »Und der Fluch hat den großen Stein zersplittert.«

»Ja, genau.« Elena spürte, wie ihre Hände eiskalt wurden. »Er hat den Stein getroffen, nicht dich.«

»Aber einen Teil des Fluches habe ich abbekommen.« Miranda sah Elena an. Sie war kreidebleich im Gesicht. »Das habe ich bisher noch niemandem gesagt. Ich habe gespürt, wie etwas … von dieser unheimlichen Kraft … tief in meinen Körper eingedrungen ist. Es war, als sei ich von einem Eiszapfen durchbohrt worden!« Ihre Schultern zuckten und die Tränen rannen ihr über die Wangen. Sie presste ihre Hand aufs Herz. »Ich habe das Gefühl, als wäre mir ein Teil meiner Seele gestohlen worden. Und jetzt ist da ein Loch – und es wächst nicht zu, sondern wird immer größer. Ich glaube, das ist der Grund, weswegen ich mich krank fühle und meine Zauberkräfte verliere …«

Elena war vor Schreck wie gelähmt.

# Manchmal hilft ein guter Rat mehr als Zauberei!

»Was sollen wir jetzt nur tun?« Elena fasste nach Mirandas Hand, die genauso kalt war wie ihre eigene. »Wie kann ich dir helfen? Wer kann uns helfen? Beim Orkus, wenn du recht hast und es tatsächlich Mafaldus' Fluch ist …«

»Ich glaube, mir kann niemand helfen«, antwortete Miranda mit schwacher Stimme. Resigniert flüsterte sie: »Ich bin verloren.«

»Das kann nicht sein!« Elena sprang auf. »Gegen einen Fluch muss es doch ein Mittel geben. Man kann ihn bestimmt irgendwie wirkungslos machen.«

Miranda schüttelte matt den Kopf. »Du vergisst dabei, dass Mafaldus Horus der mächtigste aller Zauberer ist!«

»Aber Oma Mona weiß vielleicht einen Rat. Sie hat doch so viele Zauberbücher«, sagte Elena voller Hoffnung. Sie wusste auch, dass sich ihre Großmutter nicht immer an die Regeln gehalten hatte. Mona hatte sich ab und zu auch illegaler Mittel bedient, die eigentlich offiziell verboten waren. »Sie hat vorhin gefragt, ob sie dich einmal *magisch scannen* soll. Wir müssen sie einweihen!«

Bisher hatten die beiden Mädchen weder Jolanda noch Mona etwas von ihrer gefährlichen Begegnung mit den *Schwarzen Zauberkutten* erzählt. Sie hatten nur gesagt, dass sie übers Wochenende einen kurzen Abstecher in die Hexenwelt gemacht hatten, angeblich, um Mirandas Eltern zu besuchen.

## Ein Fluch und seine Folgen

Es ist niemals angenehm, von einem Fluch getroffen zu werden. Im schlimmsten Fall kann so etwas tödlich ausgehen. Aber auch leichtere Flüche können lästige Folgen haben, zum Beispiel:

- Es kann sein, dass dem Betroffenen die Augenbrauen ausfallen.
- Es wächst einem ein Schnabel.
- Die Hände bekommen Schwimmhäute.
- Die Füße verwandeln sich in Hühnerfüße, sodass kein normaler Schuh mehr passt.
- Der Kopf wird unsichtbar, was vor allem bei Behördengängen sehr lästig ist, da der Betroffene nicht identifiziert werden kann. Sehr gerne wird der unsichtbare Kopf auch mit einer chronischen Magenverstimmung kombiniert. Den Zuschauern bietet sich ein seltsames Schauspiel, wenn sich das Opfer erbrechen muss.
- Es können Federn am ganzen Körper wachsen. Wenn das Opfer dann in die Mauser kommt, ist die Wohnung voller Flaum und Federn. Noch gemeiner ist es, wenn der Betroffene auf offener Straße erschreckt wird: Bei der Schreckmauser können ihm alle Federn auf einmal ausgehen – was nicht selten zu einem Verkehrschaos führt. Wenn die Federn dann nachwachsen, juckt es so schrecklich, dass es fast nicht auszuhalten ist.

Nur ein erfahrener Zauberer oder eine erfahrene Hexe kann einen Fluchschaden beseitigen. Versucht es ein Laie, besteht die Gefahr, dass sich der Schaden noch verschlimmert.
Das Archiv der Magischen Universität hat unter anderem die Aufgabe, Flüche und ihre Gegenmittel zu sammeln und zu dokumentieren. Da es jedoch immer wieder neue Flüche gibt, ist die Abteilung leider nie auf dem neuesten Stand. Nahezu vollständig erfasst sind alle Flüche von Anbeginn bis zum Jahr 1821, was hauptsächlich der akribischen Arbeit der Archivarin Senta Solaris zu verdanken ist, die sich zeitlebens mit Flüchen und ihren Gegenmitteln beschäftigte. Senta Solaris wurde mit zwölf Jahren selbst verflucht: Bei Regenwetter tropfte ihre Nase, bei Gewitter musste sie bei jedem Blitz niesen, und bei Sturm schnaubte sie heftig – was bei einem Orkan nicht selten zu Nasenbluten führte. Erst mit 81 Jahren gelang es ihr, sich von diesem Fluch zu befreien. Leider starb sie kurz darauf.

»Warte!«, bat Miranda. »Wenigstens noch ein oder zwei Tage. Ich weiß nicht, ob es richtig ist, deine Oma einzuweihen. Ich könnte mir vielleicht doch selbst helfen, wenn ich …«

»Oh nein!« Elena erriet, woran Miranda dachte. »Du wirst nicht wieder heimlich an Monas Zauberbücher gehen. Du weißt ja, was das letzte Mal passiert ist. Das ist zu riskant. Wir beide haben einfach noch nicht genügend Erfahrung im Hexen!«

»Ich verspreche dir, dass ich ganz vorsichtig bin«, sagte Miranda. »Bitte, bitte – erzähle Mona und deiner Mutter noch nichts von dem Fluch! Mona darf mich auch nicht *magisch scannen,* sonst … sonst …« Sie sah Elena an und in ihren Augen stand große Verzweiflung. »Ich weiß nicht, was ich tue, wenn deine Oma mir sagt, dass Mafaldus' Fluch tödlich ist und sie mir nicht helfen kann.«

Elena spürte, wie alles Blut aus ihrem Gesicht wich. »Glaubst du wirklich?«, flüsterte sie.

»Ich weiß es nicht, Elena.« Mirandas Lippen zitterten. »Gib mir noch etwas Zeit«, flehte sie. »Achtundvierzig Stunden. Bitte. Wenn es mir bis dahin nicht besser geht und ich keine Lösung finde, erzählen wir alles deiner Mutter und deiner Großmutter.«

Elena zögerte. Sie wusste, dass Mona manchmal gnadenlos direkt war. Ihr fehlte jegliches Einfühlungsvermögen. Wenn Miranda wirklich nicht zu helfen war, würde sie ihr es bestimmt nicht *schonend* beibringen …

Andererseits konnte sich Elena nicht vorstellen, dass Miranda stark genug war, um selbst etwas gegen den Fluch von Mafaldus Horus zu unternehmen. »Was hast du jetzt vor?«

»Ich … äh … werde mit dem *Transglobkom* meine Eltern anrufen. Meine Tante hat gute Beziehungen, sie könnte die

*Magische Universität* um Auskunft bitten, welche Mittel es gibt, einen Fluch abzuwehren, oder wie man Fluchschäden heilen kann. – Nur achtundvierzig Stunden, Elena!«

»Na gut«, antwortete Elena, obwohl ihr dabei ziemlich mulmig zumute war. In achtundvierzig Stunden konnte Miranda noch viel kränker werden, und dann war es vielleicht tatsächlich zu spät, um ihrer Freundin noch helfen zu können. »Ich werde Mama und Oma nichts sagen.« Sie umarmte Miranda ganz fest und ließ sie dann wieder los. »Aber ich werde meinen Vater anrufen.«

Miranda blickte Elena hoffnungsvoll an. »Ja, mach das! Vielleicht weiß er ja weiter. Dein Vater ist schließlich Geheimagent und auch ein sehr mächtiger Zauberer.«

»Mein Vater wird schon wissen, was zu tun ist!«, sagte Elena, die plötzlich sehr zuversichtlich wurde. »Nichts ist wichtiger als dein Leben, Miranda!«

Leider konnte Elena ihren Vater nicht mit dem *Transglobkom* erreichen, obwohl sie es am Nachmittag und auch am Abend mehrmals versuchte. Jedes Mal erschien in der durchsichtigen Kugel nur der Kopf des Vermittlers, der ihr mitteilte, dass der Teilnehmer seinen *Transglobkom* momentan ausgeschaltet hatte.

»Soll ich ihm eine Nachricht zukommen lassen?«, fragte der Mann freundlich. »Dann brauchst du nicht dauernd anzurufen.«

Elena überlegte. »Dann sagen Sie meinem Vater bitte, dass er mich zurückrufen soll. Ich bin Elena, seine Tochter. Es ist aber ein Ferngespräch, ich rufe aus dem HEXIL an.«

»Ich sehe, dass deine Anrufe aus der Menschenwelt kommen«, sagte der Vermittler. Er lächelte Elena an. »Wie ist es denn dort so? Man hört nur immer Gerüchte. Stimmt es, dass die Menschen keine Besen haben? Ich habe nämlich mit einem Freund eine Wette laufen ...«

»Sie besitzen schon Besen, aber sie können nicht damit fliegen«, erklärte Elena nervös. Sie hatte jetzt wirklich keine Lust, dem Mann am *Transglobkom* Nachhilfe in Menschenkunde zu geben. »Sie fegen damit nur den Boden.«

»Und sie müssen dabei den Stiel in der Hand halten und alles geht nur mit Muskelkraft?«

»Ja.«

»Bingo!«, freute sich der Mann. »Dann habe ich die Wette gewonnen! Vielen Dank, Elena!«

»Vergessen Sie nicht, meinem Vater die Nachricht auszurichten«, sagte Elena schnell, bevor das Gesicht des Vermittlers verschwand und die schwebende Kugel wie eine Seifenblase zerplatzte. Dann klappte sie ihren *Transglobkom* zu und legte ihn wieder auf ihren Nachttisch.

Inzwischen hatte Jolanda bereits zum dritten Mal zum Abendessen gerufen. Elena lief rasch die Treppe hinunter und in die Küche. Alle anderen saßen schon am Tisch.

Miranda bemühte sich sehr, etwas zu essen, obwohl Elena sah, dass sie jeden Bissen elend lange kaute.

Rufus, Elenas kleiner Bruder, freute sich über die Weihnachtsbeleuchtung am Küchenfester.

»Das sieht aber schön aus!«, rief er begeistert.

Jolanda hatte die Dekoration noch etwas ergänzt und einen blinkenden Stern gezaubert. Auf der Fensterbank standen zwei Engel aus Wachs. Der eine hielt eine Harfe in der Hand, der andere eine Geige.

Rufus stellte seine Puddingschale auf den Tisch, streckte den Finger aus und murmelte einen Animationszauber. Die beiden Engel ließen ihre Instrumente fallen, fassten sich an den Händen und tanzten eine Runde auf dem Fensterbrett. Rufus quietschte vor Vergnügen.

»Mach das morgen bloß nicht im Kindergarten«, warnte Elena ihren Bruder. Er hatte schon einmal kleine Plastiksaurier lebendig gehext, und die Erzieherin hatte deswegen fast einen Nervenzusammenbruch bekommen.

»Weiß ich doch, dass ich so was nicht im Kindergarten machen darf«, antwortete Rufus ernsthaft.

Die Engel fielen um und blieben reglos liegen. Jolanda stellte sie wieder auf und drückte ihnen die Harfe und die Geige in den Arm.

»Geht es dir wieder besser?«, wandte sich Mona an Miranda. »Du siehst ziemlich elend aus, mein Kind.«

Miranda war sehr blass. »Doch, es geht mir wieder gut«, beteuerte sie. »Ich hatte nur eine Magenverstimmung.«

»Aber Liebchen, warum hast du denn nichts gesagt?«, meinte Mona. »Ein Spruch gegen Bauchweh und Durchfall wäre eine Kleinigkeit für mich gewesen.«

»Ich wollte Sie nicht damit behelligen«, sagte Miranda. »Außerdem wollte ich es selber schaffen. Wir hatten schon ein bisschen Heilkunde in der fünften Lektion unseres Fernkurses. Übrigens überlege ich, ob ich nicht einen Kurs in grüner Magie belegen soll.«

»Tu das«, erwiderte Mona. »Wissen schadet nie und grüne Magie lässt sich fast überall gebrauchen!«

Miranda lächelte Elena matt zu. Elena drückte unter dem Tisch ihre Hand. Sie traute sich nicht, ihrer Freundin in Gedanken mitzuteilen, dass sie ihren Vater leider noch nicht erreicht hatte. Bei so vielen Hexen am Tisch hätte nämlich leicht jemand mithören können.

## Grüne Magie

Magie, die im Einklang mit der Natur steht und/oder sich der Mittel der Natur bedient:

- Kräuterheilkunde
- Beschleunigung des Pflanzenwachstums (»grüner Daumen«!)
- Beeinflussung des Wetters zugunsten der Pflanzen (Regenzauber, Sonnentanz)
- Auffinden von Wasser (Wünschelrutengehen)
- Kommunikation mit Tieren
- und vieles andere …

Daphne hatte schlechte Laune und saß mit verkniffener Miene am Tisch. Ihre Bewegungen waren hektisch. Elena vermutete, dass sie wieder einmal mit ihrem Hexenfreund Gregor Schluss gemacht hatte.

»Dieser Weihnachtskram nervt mich an«, knurrte Daphne. »Heute Morgen haben sich zwei Mädchen aus meiner Klasse eine Viertelstunde darüber unterhalten, ob in diesem Jahr an Weihnachten Schnee liegt oder nicht. Als ob das nicht völlig egal wäre! Echt krank! – Wir Hexen könnten für einen Schneefall sorgen, den die Menschen nicht so schnell vergessen werden!«

»Lass den Menschen doch ihren Spaß«, meinte Jolanda. »Weihnachten ist eben ihre Tradition, und vielleicht ist es für sie wichtig, dass Schnee liegt. Wir verstehen noch längst nicht alle Sitten und Gebräuche, wir sind ja erst ein paar Monate im HEXIL.«

»Die Weihnachtsbräuche wären auch ein Thema für unsere Forschungsarbeit«, sagte Mona. »Adrian Freitag Zwigge schreibt darüber fast gar nichts in seinem Standardwerk *Vom Umgang mit Menschen*. Eine echte Lücke. Und es ist wichtig, dass die Hexenwelt möglichst viel über den *Homo sapiens sapiens* erfährt.«

Daphne verdrehte die Augen. »Wen interessiert denn noch diese blöde Forschungsarbeit? Warum kehren wir nicht einfach in die Hexenwelt zurück? Papa ist kein Verbrecher, und es gibt keinen Grund, dass wir noch länger im HEXIL bleiben. Hier bei den Menschen ist es sooo langweilig. Und ich habe es wirklich satt, immer aufpassen zu müssen, dass mich keiner beim Hexen erwischt.« Sie blickte zu Jolanda. »Außerdem will ich nicht noch länger eine Fernbeziehung mit Gregor haben, jawohl!«

»Ich wünschte, du hättest mit ihm überhaupt keine Beziehung«, sagte Oma Mona scharf. »Dieser junge Mann ist einfach kein Umgang für dich! Ich finde es sehr gut, dass ihr erst einmal getrennt seid und auf diese Weise Abstand habt.«

»Mutter, bitte!« Jolanda sah Mona vorwurfsvoll an.

Aber Daphne knallte schon ihre Tasse auf den Tisch und sprang empört auf. »Also – ich lasse mir von dir überhaupt keine Vorschriften machen, wen ich liebe, Oma!« Dann verließ sie die Küche und schmetterte die Tür hinter sich zu. Elena zuckte zusammen.

»Dieses Mädchen hat einfach keine Manieren«, murmelte Mona.

»Du musst sie auch nicht dauernd reizen«, sagte Jolanda. »Daphne ist in einem schwierigen Alter, ihre Hormone spielen verrückt. Ich bin schon sehr froh, dass ihre *Amormagie* im Augenblick etwas weniger geworden ist. Vielleicht sollte ich ihr doch erlauben, mit ihrer Klassenkameradin Laura und deren Eltern in den Weihnachtsferien in Skiurlaub zu fahren. Das würde Daphne auf andere Gedanken bringen.«

»Bist du denn ganz des Teufels?«, empörte sich Mona. »Du willst Daphne mit einer Menschenfamilie verreisen lassen? Und wenn die Familie merkt, dass sie eine Hexe ist? Dann bekommen wir richtige Probleme, und das nicht nur mit unserem charmanten Hexilbeauftragten Herrn Holzin!«

»Daphne ist ein kluges Mädchen, sie wird auf der Reise bestimmt vorsichtig sein«, erwiderte Jolanda ruhig. »Und Elenas und Mirandas Menschenfreundinnen Jana und Nele wissen ja auch Bescheid, wer wir in Wirklichkeit sind. Freundinnen können durchaus ein Geheimnis bewahren.«

»Das ist ein Spiel mit dem Feuer«, behauptete Mona.

»Das sagst du nur, weil du nie eine richtige Freundin gehabt hast«, rutschte es Jolanda heraus.

Elena machte große Augen. Das war ja interessant! Mona gab doch immer vor, einen sehr großen Bekanntenkreis zu haben.

»Unverschämtheit!«, schnaubte Mona. »Natürlich habe ich in meinem Leben viele Freundinnen gehabt. Was weißt du denn schon davon!«

»Ich weiß nur, dass du mal mit einer gewissen Felicitas dick befreundet warst und dass ihr euch seit Jahrzehnten nicht mehr ausstehen könnt«, sagte Jolanda. »Du hast sogar ihre Bilder aus dem Fotoalbum entfernt.«

Mona atmete hörbar durch die Nase. »Felicitas war eine falsche Schlange! Sie hat so getan, als sei sie meine beste Freundin, aber dann hat sie mir meine große Liebe weggeschnappt …« Ihre Mundwinkel verzogen sich schmerzlich nach unten. Nach all den Jahren schien Mona diese Geschichte noch immer nicht verdaut zu haben.

»Deine große Liebe?«, hakte Jolanda nach. »Ich dachte, die sei mein Vater gewesen, Jeremias Cascadan.«

Elena spitzte die Ohren. Das wurde ja immer spannender! Sie wusste so gut wie nichts über ihren Großvater. Er war eines Tages, kurz nach Jolandas Geburt, aus Monas Leben verschwunden, und keine Hexenseele hatte ihn seither wiedergesehen. In der Familie wurde fast nie über Jeremias gesprochen.

Mona seufzte. »Meine *ganz* große Liebe war Jeremias' Bruder Valentin«, sagte sie dann mit zusammengepressten Lippen. »Aber der hat sich dann mit Felicitas, dieser Hexenschlampe, aus dem Staub gemacht. Ich habe gehört, dass sie recht unglücklich miteinander geworden sind. Das geschieht ihnen recht!«

»Und dann hast du dich in Jeremias verliebt?«, fragte Jolanda vorsichtig.

Mona nickte. »Er war schon länger in mich verliebt, aber solange ich nur Augen für Valentin hatte, hatte ich es nicht bemerkt.«

»Waren sich die Brüder denn ähnlich?«, wollte Jolanda wissen.

Mona schüttelte den Kopf. »Oh nein, überhaupt nicht, sie waren völlig verschieden. Sowohl vom Aussehen als auch vom Charakter.« Sie holte tief Luft. »Jeremias war auf alle Fälle der zuverlässigere der beiden. Man konnte sich absolut auf ihn verlassen. Es war richtig, dass ich ihn geheiratet habe – und nicht seinen windigen Bruder Valentin.«

»Wirklich merkwürdig, dass mein Vater dann so plötzlich verschwunden ist«, murmelte Jolanda. Irritiert fügte sie hinzu: »Das passt doch eigentlich gar nicht zu ihm, wenn du ihn als so solide und zuverlässig beschreibst ...«

Elena sah, dass Monas Augen nervös funkelten. Ihr schien dieser Kurzausflug in ihre Vergangenheit nicht ganz zu behagen.

»Ich möchte jetzt nicht weiter über diese alten Geschichten reden«, sagte Mona. »Was vorbei ist, ist vorbei. Ich habe dich, Jolanda, auch ohne Vater großgezogen. Aus dir ist immerhin eine ganz passable Hexe geworden.«

Später im Bett musste Elena noch lange daran denken, was sie beim Abendessen gehört hatte. Das schien ihr eine gute Erklärung dafür zu sein, warum Mona so oft über Papa gelästert und ihn als Taugenichts beschimpft hatte. Ihre große Liebe Valentin war offenbar so ein Taugenichts gewesen, der sie dann noch dazu so schändlich mit ihrer besten Freundin betrogen hatte. Und das war auch der Grund, warum Mona Daphnes Freund Gregor nicht leiden konnte – eben charmante Verführertypen, die in Beziehungen nicht ganz leicht waren … Elena versuchte sich Valentin Cascadan vorzustellen. Ein gut aussehender Abenteurertyp, dem die Herzen der Frauen gleich reihenweise zuflogen … Elena spürte aufgeregtes Kribbeln im Bauch. Ein Hexer mit verwegenem Blick. Sie konnte sich gut vorstellen, dass er eines Tages die Nase von seiner nervigen Freundin Mona einfach voll gehabt hatte. Vielleicht hatte sie dauernd an ihm rumgemeckert. Deswegen hatte er sich lieber für Felicitas entschieden und war mit ihr bei Nacht und Nebel durchgebrannt …

Elena lächelte im Dunkeln. Doch dann wurde sie wieder ernst. Wenn Jeremias das Gegenteil von Valentin gewesen war – wie Mona behauptet hatte –, dann war er möglicherweise ziemlich langweilig gewesen. Jolanda hatte recht, zu so einem passte es nicht, dass er von einem Tag auf den anderen einfach verschwand. Jeremias war anständig und solide, er gab sich bestimmt nicht mit dunklen Machenschaften ab. Es war daher sehr unwahrscheinlich, dass böse Feinde ihn einfach aus dem Weg geräumt hatten. Ebenso wenig würde ein Typ wie Jeremias Mona einfach im Stich lassen, vor allem, wenn sie gerade ein Kind bekommen hatte. Jeremias hatte sich bestimmt verantwortlich für seine Familie gefühlt.

Plötzlich schoss Elena ein schrecklicher Gedanke durch den Kopf. Konnte es sein, dass Mona selbst Jeremias hatte verschwinden lassen, weil sie sich mit ihm zu Tode gelangweilt hatte? Vielleicht hatte sie ihn in einen großen, grauen Felsbrocken verwandelt ... Oder sie hatte ihn in einen Frosch verhext und in einer Keksdose eingesperrt. Elena bekam eine Gänsehaut und wurde ganz unruhig. War Mona tatsächlich zu so einer Tat fähig? Trug sie all die Jahre ein dunkles Geheimnis mit sich herum? Oder ging jetzt die Fantasie mit Elena durch, dass sie so etwas ihrer Großmutter zutraute?

Am liebsten wäre Elena sofort in Mirandas Zimmer gelaufen, um mit ihr über die Sache zu reden und sie um ihre Meinung zu fragen. Aber Miranda hatte beim Abendessen so erschöpft ausgesehen; sie brauchte unbedingt ihren Schlaf, um neue Kräfte zu tanken. Elena musste wieder an Mafaldus Horus denken und wurde wütend. Hoffentlich fanden sie so schnell wie möglich ein Mittel gegen den Fluch!

Elena tastete nach dem *Transglobkom,* der auf dem Nachttisch lag, und versuchte ein weiteres Mal, ihren Vater in der Hexenwelt zu erreichen. Wieder erschien nur der Kopf des Vermittlers in der durchsichtigen Kugel, die von Elenas *Transglobkom* aufstieg.

»Ich bin’s noch mal«, sagte Elena enttäuscht.

»Ich habe deinen Vater leider noch nicht verständigen können, tut mir sehr leid«, sagte der Mann. »Aber ich habe in der Zwischenzeit meinen Freund angerufen und ihm gesagt, dass er die Wette verloren hat. Jetzt muss er mir und meiner Abteilung eine Runde *flockigen Feuerwein* ausgeben, und zwar vom allerfeinsten!«

Am nächsten Morgen erschien Miranda nicht zum Frühstück. Elena nahm zuerst an, dass sie einfach mehr Zeit im Bad brauchte, um die dunklen Schatten unter ihren Augen wegzuhexen. Aber dann waren alle anderen fast mit dem Essen fertig, und Miranda war noch immer nicht aufgetaucht.

»Vielleicht fühlt sie sich nicht wohl und möchte lieber im Bett frühstücken«, meinte Jolanda. »Lauf doch mal schnell hoch und schau nach ihr, Elena.«

Elena war gerade bei der Küchentür, als plötzlich der Boden zu wackeln begann. Gleichzeitig ertönte ein unheimliches Grollen. Das Geschirr im Küchenschrank klirrte. Elena hielt sich an der Wand fest und starrte entsetzt auf den zitternden Weihnachtsstern am Fenster. Einer der Wachsengel fiel um, rollte von der Fensterbank und fiel auf die Fliesen, wo ihm der Kopf abbrach.

Dann hörte das Beben auf und alles war wieder ruhig.

»Beim Orkus, was war das?«, stieß Oma Mona aus. »Man könnte meinen, es hätte sich die Weltenschlange unter der Erde bewegt.«

Auch Jolanda war erschrocken und musste den weinenden Rufus trösten, der sich an sie klammerte.

»Vielleicht ist es ein Erdbeben gewesen«, sagte Elena und sah sich in der Küche um. Zum Glück waren keine Risse an den Wänden entstanden.

»Ein Erdbeben – bei uns?« Mona zog fragend die Augenbrauen hoch. »Sitzen wir denn hier auf so einer dünnen Erdkruste, dass wir die Kontinentalverschiebung merken?«

»Im Fernsehen werden sie sicher darüber berichten«, sagte Jolanda, die sich inzwischen angewöhnt hatte, abends die Nachrichten anzusehen.

»Falls das Beben nicht nur bei uns im Haus gewesen ist«, entgegnete Mona und schnüffelte hörbar. »Es riecht eher nach einem *magischen* Beben …«

*Die Zauberbücher,* dachte Elena entsetzt. Hatte Miranda vielleicht das Beben ausgelöst, weil sie ein Gegenmittel gegen den Fluch gesucht hatte?

»Ich schau nach Miranda«, haspelte sie und stürzte zur Tür hinaus.

Miranda starrte wie gelähmt auf die beiden Gestalten, die plötzlich vor ihr im Zimmer standen. Gerade eben hatte sie sich angezogen und hielt noch ihr Nachthemd in der Hand. Sie hatte lange gezögert, ob sie heute überhaupt zur Schule gehen sollte, denn sie fühlte sich noch ziemlich schwach.

Die beiden Männer waren groß und kräftig. Sie trugen dunkle Kutten. Von ihren Gesichtern war fast gar nichts zu erkennen, so weit hatten sie die Kapuzen vorgezogen.

Anscheinend hatten die beiden Kuttenmänner die Raum-Zeit-Schranke passiert, denn ein heftiges Beben, zusammen mit einem dumpfen Grollen, hatte ihr Erscheinen begleitet.

»Wer sind Sie?«, stammelte Miranda erschrocken. Ihre Kehle war wie zugeschnürt.

»Wir sollen dich holen«, knurrte der eine der Männer.

»In Mafaldus' Auftrag«, ergänzte der andere.

Miranda wich zurück. »NEIN!«, rief sie. »Ich will nicht!«

»Das interessiert uns nicht«, sagte der erste Mann und griff nach ihrem Arm. »Wir befolgen nur den Befehl unseres Meisters.«

Miranda versuchte sich zu befreien. Das Nachthemd fiel achtlos auf den Boden. Doch die Hände der Männer packten zu wie Stahlklammern.

»Sie tun mir weh!«, beschwerte sich Miranda.

»Dann hör auf, dich zu wehren«, sagte der zweite Kuttenmann. »Es hat sowieso keinen Sinn!«

Miranda sah, wie er mit einem dünnen Stab etwas in die Luft zeichnete. Ein Blitz zuckte durch die Luft.

Wieder erbebte das Haus. Der Boden öffnete sich und Miranda fiel in ein tiefes, schwarzes Loch.

Elena war gerade auf der Treppe, als ein neues Beben das Haus erschütterte. Sie klammerte sich am Geländer fest und wartete, bis es vorüber war. Danach schlotterten ihre Knie. Sie war kaum fähig, die Treppe weiter hochzusteigen. Elena hatte noch nie zuvor ein Erdbeben erlebt. Sie wusste nicht, ob dieses Beben eine natürliche Ursache hatte. Genau wie ihre Großmutter Mona glaubte sie, eine unheimliche Kraft zu spüren, die aus dem Haus zu kommen schien. Genauer: aus dem ersten Stock.

»Miranda«, flüsterte Elena ängstlich, während sie den Gang entlangging. »Du hast mir doch versprochen, dass du mit den Zauberbüchern vorsichtig bist!«

Sie wagte kaum, die Tür zu Mirandas Zimmer zu öffnen. Vorsichtig drückte sie die Klinke nieder.

Das Zimmer war leer. Nur Mirandas Nachthemd lag mitten auf dem Boden. Elena hob es auf und legte es auf das zerwühlte Bett.

»Miranda?«, fragte sie. »Wo bist du? Was ist passiert?«

Sie bildete sich ein, leichten Schwefelgeruch wahrzunehmen. Am liebsten hätte sie das Fenster weit aufgerissen, aber draußen war es frostig kalt.

Hatte Miranda gehext?

Elena sah sich um, aber nirgends lag eines der gefährlichen Zauberbücher herum, die Mona gehörten. Vielleicht war Miranda ja noch im Bad?

Elena lief auf den Gang und klopfte an die Badezimmertür. »Miranda, bist du da drin?«

Keine Antwort.

Elena öffnete die Tür. Niemand war im Bad. Mirandas Zahnbürste stand auf der Ablage. Es roch nach Pfirsich – Mirandas Lieblings-Duschgel. Elena berührte ihr Handtuch. Es war noch feucht. Also war Miranda vor Kurzem im Bad gewesen. Aber wo war sie?

»Miranda!«, rief Elena und lief suchend den Gang entlang. Auch in ihrem eigenen Zimmer fand sie Miranda nicht. Türen und Fenster waren geschlossen, also konnte Miranda auch nicht auf den Balkon spaziert sein, um kühle Dezemberluft zu schnappen.

Elena jagte nach unten und riss die Küchentür auf.

»Miranda ist verschwunden! Wir müssen sie suchen, und zwar sofort!«

»Nun mal langsam«, meinte Oma Mona und deutete auf die Küchenuhr. »Du musst zur Schule, meine Liebe. Es ist höchste Zeit!«

»Wie kann ich zur Schule gehen, wenn Miranda verschwunden ist?«, empörte sich Elena. »Vielleicht ist ihr etwas passiert und sie braucht Hilfe …«

»Immer mit der Ruhe, Elena«, bremste Jolanda ihre Tochter. »Mirandas Verschwinden kann einen ganz harmlosen Grund haben. Vielleicht will sie einfach nur mal für sich sein. Hast du schon daran gedacht, dass sie Liebeskummer haben könnte? Die Appetitlosigkeit, die glänzenden Augen – das alles sind doch typische Anzeichen.«

»Liebeskummer?«, wiederholte Elena unsicher.

»Gibt es da jemanden?«, hakte Mona gleich nach. »Was weißt du davon?«

»Ich? Äh … ich weiß nichts«, log Elena und dachte an Eusebius. Verzehrte sich Miranda vielleicht doch heimlich nach dem jungen Hexer und hatte Elena nur nichts sagen wollen? War sie heimlich aufgebrochen, um ihn zu besuchen und der Sache nachzuhelfen?

Elena biss sich auf die Lippe. »Aber in Mirandas Zimmer hat es nach Schwefel gerochen.«

»Raucht Miranda?«, fragte Jolanda.

»Natürlich nicht!«

»Na also«, sagte Jolanda. »Vielleicht hat sie einen kleinen Zauber vollführt, um der Liebe nachzuhelfen – obwohl ein Liebeszauber nicht wirklich viel bringt. Ebenso gut hätte sie einen Tropfen Waselnussöl nehmen können, das ist ein natürliches pflanzliches Mittel. Ein Liebeszauber hilft nur, wenn schon ein bisschen Bereitschaft da ist. Dann kann der Zauber die Sache beschleunigen.«

»Die schwarze Magie kennt allerdings schon ein paar kräftigere Liebeszaubersprüche. Aber Beziehungen, die auf dieser Grundlage entstehen, sind selten glücklich«, ergänzte Mona.

Jolanda warf Elena einen mitleidigen Blick zu. »Ach, ich kann eigentlich gar nicht begreifen, dass du und Miranda auch langsam in das Alter kommen, in der die Liebe eine Rolle spielt. Wenn ich mir vorstelle, dass ihr die gleichen Schwierigkeiten haben werdet wie Daphne … Daphne leidet immer so schrecklich!« Sie seufzte.

Daphne kam gerade zur Küchentür herein. Sie war schon im Mantel und hatte ihren Schulrucksack über eine Schulter gehängt. »Was ist mit mir?«

»Wir haben uns gerade gefragt, wo du bleibst«, sagte Oma Mona und lächelte. »Ich will euch nämlich zur Schule bringen.«

»Ich fahre nicht mit dir«, rief Daphne gleich. »Ich werde nämlich abgeholt.« Sie lief zum Fenster und stellte sich auf die Zehenspitzen, um auf die Straße sehen zu können. »Da ist er schon.«

»Wer?«, wollte Mona wissen. »Wieder dieser Alex mit seinem grässlichen Moped?«

»Nein, es ist Benni aus der Zwölften, er fährt einen Golf«, erwiderte Daphne hastig. »Übrigens fährt er viel besser als du, Oma Mona. – Ciao.« Und schon war sie draußen.

»Freches Ding!«, schnaubte Mona beleidigt. »Ich fahre ausgezeichnet Auto.« Dann fuhr sie Elena an: »Jetzt mach dich endlich fertig, oder soll ich ewig auf dich warten?«

»Aber ich kann doch nicht ohne Miranda …«, versuchte es Elena noch einmal, aber Mona schnitt ihr das Wort ab.

»Natürlich kannst du. Du musst sogar. Was glaubst du, wie es auffällt, wenn ihr beide nicht zur Schule geht. Dann schickt eure Lehrerin bestimmt jemanden aus eurer Klasse, um euch die Hausaufgaben zu bringen – und einen Schnüffler können wir hier gerade brauchen.«

»Sie würde bestimmt Nele oder Jana schicken …«

»Papperlapapp! Aber wenn es dich beruhigt, sehe ich mich mal in Mirandas Zimmer um, während du in der Schule bist. Vielleicht finde ich heraus, wohin sich deine Freundin verdrückt hat. – Jetzt ist es aber höchste Zeit, wir müssen los!« Mona streckte ihren Arm aus, kreuzte die Finger, und schon hatte Elena Mantel und Mütze an.

Elena bekam einen roten Kopf. »Ich hasse dieses scheußliche Ding, das weißt du doch!«, rief sie und zerrte sich die hässliche graue Fellmütze mit den dicken Ohrenklappen vom Kopf.

»Wie unvernünftig!«, sagte Mona. »So eine Mütze hält schön warm! Aber egal, jetzt komm endlich, sonst sind wir wieder zu spät dran – und ich muss die Zeit manipulieren. Dann kriegt unser Hexilbeauftragter wieder die Krise …«

# Zaubern am Morgen vertreibt manche Sorgen!

Elena stieg aus der schwarzen Limousine und winkte Oma Mona zu, die mit quietschenden Reifen anfuhr. Wie jeden Tag war es eine Höllenfahrt zur Schule gewesen. Monas Fahrkünste wurden einfach nicht besser, weil sie alle Verkehrsregeln für überflüssig hielt. Sie sah überhaupt nicht ein, dass sie sich an die Anweisungen halten sollte, die für Menschen gemacht worden waren. Bei ihrer Fahrweise hätte sie normalerweise schon längst ihren Führerschein abgeben müssen – aber Mona war eben eine Hexe.

»Mann, deine Oma fährt aber einen heißen Reifen!«, sagte jemand hinter Elena.

Elena fuhr erschrocken herum. Vor ihr stand Kevin, Neles älterer Bruder, und grinste sie an. Elena schoss das Blut ins Gesicht.

Vor ein paar Wochen hatte Kevin ihr einen Liebesbrief geschrieben und sehr verliebt gewirkt, aber in der letzten Zeit hatte er immer so getan, als würde er sie gar nicht sehen. Elena hatte daher angenommen, dass seine Gefühle für sie – falls er wirklich welche gehabt haben sollte – ziemlich erkaltet waren.

Aber jetzt stand er da und sah ihr tief in die Augen.

»Wo ist denn Miranda? Du kommst doch sonst immer mit ihr.«

»Sie ist … äh … sie ist krank«, schwindelte Elena.

»Oje, dann hat sie wohl auch die Grippe?«

»Kann sein, ja.«

Als Elena über den Schulhof ging, wich Kevin nicht von ihrer Seite. Er fragte sie, welche Fächer sie heute hatten und ob sie in Mathe auch alles kapierte.

»Sonst helfe ich dir gerne, wenn du willst«, bot er ihr an.

Elena blieb überrascht stehen und sah ihn an. »Du willst mir helfen? Warum?«

»Äh ... darum«, murmelte Kevin und wurde rot. Gleich darauf verbesserte er sich: »Weil ich dein Freund bin. Äh ... ich meine, weil du mit Nele befreundet bist – und weil ich ihr Bruder bin, bist du ja dann eigentlich auch ein bisschen mit mir befreundet.«

Seltsame Logik, dachte Elena.

»Jedenfalls ist Mathe in der achten Klasse ziemlich schwer«, redete Kevin weiter. »Da kriegt man schnell eine Vier oder eine Fünf im Zeugnis, nur weil der Lehrer zu dämlich ist, einem den Stoff richtig zu erklären. Das muss ja nicht sein. Deswegen habe ich dich einfach gefragt, ob ich dir vielleicht ab und zu helfen soll. Das mache ich wirklich gern – und ich will auch kein Geld von dir für Nachhilfe oder so.«

»Und was willst du dann von mir?«, fragte Elena misstrauisch.

»Ni-nichts«, sagte Kevin und wurde noch eine Spur röter.

»Eigentlich kommt Miranda ganz gut mit Mathe klar und erklärt mir alles, was ich nicht verstehe«, sagte Elena. »Aber falls sie mal nicht mehr weiterweiß, dann werde ich mich an dich wenden. Vielen Dank für das Angebot, das finde ich wirklich total nett von dir.«

Kevin strahlte.

Sie waren im Gang angelangt, Kevin musste nach rechts und Elena nach links.

»Schönen Tag noch«, wünschte Kevin.

»Danke, dir auch«, erwiderte Elena.

Nach ein paar Schritten drehte sie sich noch einmal um. Kevin auf der anderen Seite drehte sich im selben Moment um. Er hob die Hand und winkte, als seien sie tatsächlich die allerbesten Freunde. Elena winkte zögernd zurück.

Sie war ziemlich verwirrt, als sie das Klassenzimmer betrat.

Nele und Jana stürzten sofort auf sie zu und begrüßten sie.

»Hallo Elena!«

»Hallo!«, sagte Elena.

»Wo ist denn Miranda?«, fragte Nele und blickte sich suchend um.

»Sie kann heute nicht kommen«, antwortete Elena ausweichend.

»Oje, hat die Arme etwa auch die Grippe?«, erkundigte sich Jana mitfühlend.

»So was Ähnliches«, murmelte Elena. Am liebsten hätte sie ihren Freundinnen gleich von Mirandas rätselhaftem Verschwinden erzählt, aber das ging nicht, weil in der Nähe ein paar Klassenkameradinnen herumstanden.

Elena setzte sich auf ihren Platz. Der Stuhl neben ihr war leer, ihr Banknachbar Mark war krank. Wenig später betrat Frau Treller, die Klassenlehrerin, den Raum.

»Good morning, boys and girls.«

Sie begann mit dem Unterricht, aber Elena konnte sich nicht konzentrieren. Immer wieder schweiften ihre Gedanken ab. Was war mit Miranda geschehen? So ein plötzliches Verschwinden passte nicht zu ihr. Warum hatte sie nicht Bescheid gesagt, dass sie weggehen wollte? Elena hatte ein flaues Gefühl im Magen. *Mafaldus' Fluch …*

Plötzlich landete ein Zettel vor ihr auf dem Tisch. Elena faltete ihn auseinander. Sie erkannte Neles Handschrift.

*Was ist denn los?*

Elena kritzelte darunter: *Ich weiß es selber nicht so genau, aber ich fürchte, es ist etwas Schlimmes passiert!* Sie knüllte den Zettel zusammen und warf ihn nach vorne zu Nele.

Nachdem Nele die Botschaft gelesen hatte, drehte sie sich um und machte ein bestürztes Gesicht.

Elena raunte: »Große Pause.«

Nele nickte. Sie hatte verstanden. Gleich darauf wurde Nele von Frau Treller an die Tafel gerufen und musste englische Grammatik erklären. Offenbar war Nele völlig unvorbereitet, denn sie stotterte schlimm herum. Frau Treller schüttelte nur den Kopf und trug eine Fünf in ihr Notenbuch ein. Nele durfte sich wieder setzen und machte ein verdrossenes Gesicht.

Auch Elena ärgerte sich, dass ihre Freundin eine schlechte Note bekommen hatte. Das hatte sie nicht verdient. Sie beschloss, einen klitzekleinen Zauber anzuwenden und aus der Fünf im Notenbuch eine Drei zu hexen. Dazu kreuzte sie die Finger unter dem Tisch und murmelte einen kurzen Spruch.

In der Pause trafen sich die drei Freundinnen an der Mauer neben dem Schultor. Hier konnten sie endlich ungestört reden.

»Ihr erinnert euch doch daran, dass Miranda und ich vor ein paar Wochen in der Hexenwelt waren«, begann Elena. »Mein Vater hat verhindert, dass Mafaldus Horus den Dornenbaum verlässt, in dem er eingesperrt war.«

Jana nickte. »Ja, das wäre fast ziemlich böse für euch ausgegangen.«

»Es *ist* böse ausgegangen«, berichtigte Elena. »Miranda ist von Mafaldus' Fluch getroffen worden, jedenfalls von einem Teil. Deswegen schwinden allmählich ihre Zauberkräfte. Und jetzt ist sie heute Morgen selbst verschwunden! In ihrem Zimmer hat es nach Schwefel gerochen … Außerdem hat es zur gleichen Zeit ein Erdbeben gegeben.«

»Ein Erdbeben?«, wiederholte Nele und sah Jana fragend an. »Davon haben *wir* nichts gemerkt!«

»Dann hat anscheinend nur unser Haus gebebt«, sagte Elena. »Ich bin sicher, das Beben hat etwas mit Mirandas Verschwinden zu tun!«

»Schwefel und Erdbeben«, sagte Jana. »Das klingt gar nicht gut!«

»Wo kann Miranda sein?«, fragte Nele sofort.

»Keine Ahnung«, sagte Elena. »Möglicherweise hat sie mit Monas Zauberbüchern experimentiert. Aber das glaube ich irgendwie nicht. In ihrem Zimmer war jedenfalls kein Zauberbuch. Und die Sache mit dem Schwefel …« Sie zog fröstelnd die Schultern hoch. »Ich mache mir solche Sorgen um Miranda! Wenn ich doch nur herausbekommen könnte, was wirklich passiert ist …«

»Wie können wir dir nur helfen, Elena?«, fragte Nele besorgt.

»Kann deine Mutter oder deine Oma nicht feststellen, was mit Miranda passiert ist?«, fragte Jana dann. »Ihr seid doch Hexen!«

»Meine Oma will sich Mirandas Zimmer ansehen, aber ich weiß nicht, ob sie wirklich einen Hinweis finden wird«, meinte Elena. »Sie und meine Mutter denken, dass Miranda verliebt ist und sich deswegen merkwürdig verhält. Sie wissen nämlich nichts von dem Fluch.« Elena machte eine kurze Pause. »Miranda und ich, wir haben ihnen nie etwas von unserem gefährlichen Ausflug erzählt. Wir haben behauptet, wir hätten nur Mirandas Eltern in der Hexenwelt besucht. Mama und Oma waren ja beide an dem Wochenende weg … Und wir dachten, es sei besser, wenn sie nicht erfahren, dass wir in Wirklichkeit bei einer Versammlung der *Schwarzen Zauberkutten* waren. Sonst hätten uns die beiden garantiert endlose Predigten gehalten, wie schädlich schwarze Magie ist und dass solche Dinge gewiss nicht für unsere Ohren bestimmt waren.«

»Aber jetzt musst du unbedingt mit ihnen reden!«, verlangte Jana. »Deine Oma ist eine mächtige Zauberin, und wenn Miranda wirklich von Mafaldus' Fluch getroffen wurde, kennt sie vielleicht Mittel und Wege, wie man ihn wieder abwendet.«

»So einfach ist das nicht«, wandte Elena ein. »Mafaldus Horus ist ein Schwarzmagier, der stärkste Magier aller Zeiten …«

Sie verstummte, weil sie sah, dass Kevin über den Schulhof ging. Er hatte sie entdeckt und hob grüßend die Hand. Elena nickte zurück.

Nele drehte sich neugierig um. »Ach, es ist nur Kevin«, sagte sie.

»Was ist denn mit deinem Bruder los?«, fragte Elena. »Der hat sich heute Morgen geradezu vor Freundlichkeit überschlagen. Er wollte mir Nachhilfe in Mathe geben. Ich war völlig überrascht.«

»Die Nachhilfe könnte er mal mir geben«, knurrte Nele. Dann grinste sie. »Na ja, alte Liebe rostet eben nicht! Vielleicht ist Kevin jetzt klar geworden, dass du die Liebe seines Lebens bist.« Sie grinste noch breiter.

»Haha«, sagte Elena. »Du hast doch selbst erzählt, dass Kevin sich alle paar Wochen in ein anderes Mädchen verknallt.«

»Aber ihr habt euch doch mal geküsst«, meinte Jana und erinnerte Elena an den peinlichsten Moment ihres Lebens.

Ja, sie hatten sich tatsächlich geküsst, Kevin und sie. Es war im Kino gewesen, und Elena war über den Kuss so erschrocken, dass sie einen Chilizauber angewandt hatte. Kevin hatten wahrscheinlich noch eine halbe Stunde nach dem Kuss die Lippen gebrannt.

»Kevin hat sich doch nur für mich interessiert, weil sein Freund Oliver ihn aufgehetzt hat«, murmelte sie.

»Mit Oliver ist Kevin zum Glück nicht mehr zusammen«, sagte Nele. »Sie haben sich vor zwei Wochen verkracht, und zwar ziemlich gründlich. Seither gehen sie sich aus dem Weg.«

Oliver war verrückt auf alles, was mit Magie zusammenhing. Er traf sich mit seltsamen Leuten und hatte eines Tages Verdacht geschöpft, dass mit Elena und ihrer Familie etwas nicht stimmte. Kevin und Oliver hatten darauf das Haus der Bredovs beobachtet, und weil ausgerechnet an diesem Abend außergewöhnliche Dinge geschehen waren, hatte Oma Mona einen Vergessenszauber über die beiden Jungen legen müssen … Elena hatte angenommen, dass damit auch Kevins angebliche Liebe erloschen war, auch wenn Mona behauptete, es gebe keinen wirksamen Zauber fürs Entlieben.

»Du musst deiner Mutter und deiner Oma unbedingt von dem Fluch erzählen«, nahm Jana wieder das Thema auf. »Tu es Miranda zuliebe, bitte!«

Elena seufzte. Sie dachte daran, welche Angst Miranda davor hatte, dass Mona ihr sagen würde, sie müsse wegen des Fluchs sterben. Sie seufzte noch einmal. »Es wird mir wohl nichts anderes übrig bleiben, als unser Abenteuer mit den *Schwarzen Zauberkutten* zu beichten.« Sie holte tief Luft. »Ich hatte so gehofft, dass mir Papa einen Rat gibt! Aber ich kann ihn einfach nicht erreichen!«

Der schwarze Tunnel nahm kein Ende. Miranda hatte das Gefühl, durch flüssiges Eis zu gleiten. Die Kälte hatte sie völlig durchdrungen und ihr Herz erreicht. Es war, als hätte man ihr die Seele aus dem Leib gerissen.

*Ich sterbe,* dachte Miranda immer wieder. Sie wunderte sich, dass sie trotzdem noch bei Bewusstsein war.

Sie hatte jegliches Zeitgefühl verloren. Waren Minuten oder schon Stunden vergangen, seit sich das Loch in ihrem Zimmer aufgetan hatte?

Von den beiden Kuttenmännern, die sie entführt hatten, war in der Dunkelheit nichts zu sehen. Aber Miranda spürte noch immer ihre Gegenwart. Sie waren da – Mafaldus' Handlanger, die Boten des Grauens. Sie hatten Miranda in ihre Gewalt gebracht, und es gab keine Möglichkeit, ihnen zu entkommen.

Gerade als Miranda überzeugt war, dass diese Höllenfahrt niemals aufhören würde, wurde es am Ende des Tunnels gleißend hell. Mit einem dumpfen Aufprall landeten ihre Füße auf hart gefrorenem Boden.

Die Sonne durchbrach den Nebel und schien ihr mitten ins Gesicht. Miranda wollte die Augen vor dem Licht schützen, doch da griffen ihre Entführer bereits wieder zu und hielten ihre Arme fest.

Miranda schaute sich blinzelnd um. Diese kahle und öde Gegend hatte sie schon einmal gesehen. Ein Stück vor ihr erhob sich der mächtige Dornenbaum. Schwarz und bedrohlich streckten sich seine Zweige zum Himmel. Irgendwo krächzte ein unsichtbarer Rabe.

Es war der Ort, an dem sich vor ein paar Wochen die *Schwarzen Zauberkutten* versammelt hatten, um den Magier Mafaldus Horus zu befreien.

Die beiden Kuttenmänner stießen Miranda nach vorne in Richtung Dornenbaum. Sie stolperte über die Erdkrusten. Der Griff ihrer Begleiter bewahrte sie vor dem Fall. Als sich die Zweige des Dornenbaums über Miranda wölbten, zwangen die Männer Miranda auf die Knie.

»Nieder mit dir vor unserem Meister!«

Miranda spürte unter sich die Kälte des Frostbodens. Ihr liefen die Tränen über die Wangen. Sie wusste, es hatte keinen Sinn, um Hilfe zu schreien. Niemand würde sie hören.

Als sie aufsah, begann sich im Stamm des Dornenbaums ein Gesicht abzuzeichnen. Zuerst wuchs eine Nase heraus, dann formten sich Stirn und Wangen, Augen und Mund. Mafaldus Horus!

Miranda konnte ihren Blick nicht lösen. Mafaldus' Augen zogen sie in Bann. Seine Lippen bewegten sich.

»Endlich bist du da! Ich habe lange auf dich gewartet.«

»Was wollt Ihr von mir?«, wimmerte Miranda voller Angst.

»Du bist mit daran schuld, dass ich noch immer gefangen bin. Und deswegen wirst du an meiner Stelle in die Unterwelt gehen!«

»In die Unterwelt?«, fragte Miranda entsetzt. »Oh! Bitte, bitte nicht!«

»Ich habe dem Herrscher des Totenreichs ein junges Leben versprochen«, sagte Mafaldus. »Und wer könnte besser geeignet sein als du? Ihr habt ein übles Spiel mit mir gespielt, Leon Bredov vor allem. Und du als seine Helferin wirst dafür bezahlen.«

Aus dem Baumstamm wuchsen zwei Arme heraus, wurden lang und länger. Seine Hände streckten sich nach ihr aus.

»Lasst sie frei!«, befahl Mafaldus seinen Helfern. »Sie ist mein!«

Miranda spürte, wie sich die Griffe an ihren Armen lockerten. Sie kam auf die Füße. Ihre Knie schlotterten.

Mafaldus' Hände packten ihre Schultern. Und dann fühlte Miranda voller Grauen, wie der Magier sie zu sich in den Baum zog.

Elena wusste nicht, ob Oma Mona oder ihre Mutter sie von der Schule abholen würde. Wenn Jolanda kam, dann würde sie ihr gleich von ihren Sorgen erzählen.

Während Elena vor dem Schultor wartete, stampfte sie mit den Füßen. Es kam ihr noch kälter vor als am Morgen – eine richtig unnatürliche, gespenstische Kälte ...

Plötzlich spürte sie einen stechenden Schmerz im Kopf.

*Hilf mir!*

Elena presste die Hände gegen die Schläfen. Was war das?

*Elena, er holt mich!*

Diesmal war der kurze Schmerz so heftig, dass es Elena fast schwarz vor Augen wurde. Nachdem er nachgelassen hatte, atmete sie ein paar Mal tief durch. Es war, als hätte sie ganz deutlich Mirandas Stimme gehört. Hatte die Freundin ihr etwa einen *Gedankennotruf* geschickt?

»Er holt sie«, wiederholte Elena mit tonloser Stimme. Wer war mit »er« gemeint? Etwa Mafaldus Horus?

Sie bekam eine Gänsehaut.

»Hallo Elena!« Jemand schlug ihr auf die Schulter.

Elena erschrak und drehte sich um. Kevin! Schon wieder!

»Heute sehen wir uns aber oft«, sagte Kevin lachend.

»Ja, ich weiß gar nicht, was los ist«, murmelte Elena, die mit ihren Gedanken bei Miranda war.

»Wartest du auf deine Großmutter, die mit dem heißen Schlitten?«, fragte Kevin.

»Ja.« Elena blickte zur Straße. »Eigentlich müsste sie längst da sein. Wo bleibt sie nur?«

»Vielleicht springt bei der Kälte der Wagen nicht an«, meinte Kevin. »So was kommt vor.«

»Ja, kann sein«, antwortete Elena. Sie konnte Kevin ja schlecht sagen, dass es für Mona nie ein Problem war, wenn der Motor nicht anspringen wollte. Ein magisches Fingerschnippen genügte …

»Wenn dich keiner abholt, können wir vielleicht noch einen Tee oder einen Cappuccino trinken«, sagte Kevin. »Ich lade dich ein.«

Ich habe im Moment ganz andere Sorgen!, dachte Elena. Sie lächelte tapfer. »Gerne, aber lieber ein anderes Mal. Ich bin sicher, dass meine Oma gleich auftauchen wird.«

»Versprochen?«, hakte Kevin nach.

»Versprochen.« Elena nickte. Wenn sie Miranda wiedergefunden hatte, dann würde sie zehn Cappuccinos mit Kevin trinken.

Kevin war zufrieden, verabschiedete sich und trabte davon. Mona kam fünf Minuten später angefahren.

»Entschuldigung, Schätzchen, dass ich mich verspätet habe«, sagte sie und hielt Elena die Autotür auf. »Aber ich konnte mich nicht entscheiden, welchen Hut ich bei dieser Kälte aufsetze. Ich weiß ja, dass meine Kreationen in der Menschenwelt nicht besonders gut ankommen, deswegen habe ich mich für ein besonderes Modell entschieden, das nur für Hexen sichtbar ist. Es hat leider etwas gedauert, bis ich es so hingekriegt habe, wie es mir gefällt.«

Sie trug einen flachen Hut, der aussah wie eine fliegende Untertasse. Rund herum baumelten weiße Schneebälle aus Wolle. Als Elena genauer hinsah, erkannte sie, dass die Schneebälle Beine hatten und in Wirklichkeit kleine wollige Schäfchen waren, die sich bewegten und einander schubsten.

Aber eigentlich interessierte sich Elena im Moment überhaupt nicht für Monas neuen Hut. Sie stieg ein, warf ihren Schulrucksack auf den Rücksitz und fragte hoffnungsvoll: »Gibt es etwas Neues von Miranda? Hast du eine Spur in ihrem Zimmer gefunden?«

»Nein, tut mir leid. Ich habe mich umgeschaut, aber ich konnte nichts Ungewöhnliches entdecken. Vielleicht ist sie einfach nur spazieren gegangen, um sich über ihre Gefühle klar zu werden. Oder sie hat ein heimliches Rendezvous.«

»Bestimmt nicht!« Elena schüttelte den Kopf. »Ich bin nicht ganz sicher, aber ich glaube, dass sie mir einen Gedankennotruf geschickt hat.«

Mona warf ihr einen verwunderten Seitenblick zu. »Aber Schätzchen, da irrst du dich bestimmt. So etwas tut eine Hexe nur in äußerster Bedrängnis.«

*Wer weiß, was mit Miranda passiert ist,* dachte Elena bang. Jetzt musste sie dringend die Sache mit der *Zauberkutten-*

versammlung ansprechen. Aber sie wusste nicht, wie sie anfangen sollte. Außerdem sollte Jolanda lieber dabei sein, sonst musste sie alles zweimal erzählen. Ihr war auch wohler dabei, ihre Mutter neben sich zu haben, wenn Mona die ganze Geschichte erfuhr.

So verlief die Rückfahrt schweigend. Erst als sie in den Nachtigallenweg einbogen und fast zu Hause waren, sagte Elena: »Ich muss dir etwas sagen.«

»Oh, ich habe die ganze Zeit gewusst, dass du etwas auf dem Herzen hast«, meinte Mona. »Es geht also doch um einen Jungen, nicht wahr?«

»Nicht ganz«, sagte Elena vorsichtig. »Es geht um Mafaldus Horus.«

Mona trat so heftig auf die Bremse, dass Elena nach vorne geschleudert wurde. Nur der Sicherheitsgurt verhinderte, dass sie mit dem Kopf gegen die Windschutzscheibe prallte.

»Was hast du mit Mafaldus Horus zu tun?«, fragte Mona drohend. »Beschäftigst du dich etwa mit schwarzer Magie?«

»Nnnein«, stammelte Elena.

Mona funkelte sie misstrauisch an. »Was dann? Los, raus mit der Sprache!«

»Miranda ist von Mafaldus Horus verflucht worden«, quetschte Elena hervor und löste den Sicherheitsgurt, um auszusteigen. »Neulich, an dem Wochenende, als Mama auf dem Seminar war und du an dem Hexen-Workshop teilgenommen hast. Ich habe dir ja erzählt, dass Miranda und ich einen Abstecher in die Hexenwelt gemacht haben.« Sie musste schlucken. »Aber wir haben euch angelogen. Wir waren gar nicht bei Mirandas Eltern.«

»Wo wart ihr dann?«

»Auf einer Versammlung der *Schwarzen Zauberkutten.*« Jetzt war es endlich heraus. Elena holte tief Luft. »Aber nur, weil Papa um Hilfe gebeten hat.«

»Ungeheuerlich!«, schnaubte Mona. Die Schäfchen an ihrem Hut blökten aufgeregt. »Wie kann euch Leon einer solchen Gefahr aussetzen? Das ist unverantwortlich.«

»Eigentlich wollte Papa, dass Mama ihm hilft – oder du. Aber ihr wart beide nicht da. Deswegen haben Miranda und ich uns auf den Weg gemacht, um Papa beizustehen.« Elena öffnete die Wagentür, angelte ihren Rucksack vom Rücksitz und stieg die Treppe zur Haustür hinauf.

Mona parkte die schwarze Limousine vor der Einfahrt und kam dann eilig nach. In der Eingangshalle holte sie Elena ein.

»Und wie ging es weiter?«, fragte sie. »Ich will alles wissen. Sämtliche Einzelheiten.«

Elena hängte ihren Mantel an die Garderobe und schnitt eine Grimasse. »Können wir ins Wohnzimmer gehen? Mama soll auch alles hören.«

»Na gut.« Mona trippelte aufgeregt hinter Elena her. Ihre hochhackigen Schuhe klapperten auf dem Marmorboden.

Im Wohnzimmer saß Jolanda am Computer und schrieb gerade eifrig einen Artikel für die Zeitung. Sie drehte sich um, als sie hörte, dass jemand hereinkam.

»Hallo. Na, Schule schon aus?«

»Deine Tochter«, donnerte Mona, »hat mit Miranda eine Versammlung der *Schwarzen Zauberkutten* besucht, wie sie mir gerade gebeichtet hat.«

Alles Blut wich aus Jolandas Gesicht. »Stimmt das?«, fragte sie entsetzt.

Elena nickte. Und dann begann sie alles der Reihe nach zu erzählen: von Papas Hilferuf und den illegalen Fahrkarten in die Hexenwelt, von dem Treffen der *Zauberkutten* und Mafaldus' Auftauchen im Dornenbaum.

Jolanda presste entsetzt die Hände vors Gesicht, als sie hörte, wie Mafaldus den Fluch auf Miranda abgefeuert hatte.

»Oje, die Arme!«

»Wenn Eusebius nicht eingegriffen hätte, hätte der Fluch Miranda voll getroffen«, berichtete Elena. »So aber haben wir uns retten können …«

»Wie konnte Leon die Mädchen in solche Gefahr bringen!«, regte sich Mona auf. »Unverantwortlich! Er hat ihr Leben aufs Spiel gesetzt!«

»Hat er nicht«, verteidigte Elena ihren Vater. »Papa war gar nicht glücklich, dass wir gekommen sind. Er wollte uns ja zurückschicken, aber … ihr wart nicht da … und …«

»Es tut mir leid, dass ich nicht da war, als Leon mich brauchte«, sagte Jolanda zerknirscht. »Es wäre meine Aufgabe gewesen …«

»Du wärst deinem Mann vielleicht eine schöne Hilfe gewesen!«, sagte Mona spitz. »Mafaldus ist der stärkste Zauberer weit und breit – und DU hast keine Agentenausbildung wie dein Mann, nehme ich an. Wahrscheinlich hättest du die ganze Sache vergeigt und Mafaldus Horus wäre jetzt frei.«

»Wie kannst du so etwas behaupten, Mutter!« Jolanda sah Mona zornig an. »Immer machst du mich runter! Dabei kann ich gar nicht so schlecht zaubern! Klar, du bist natürlich VIEL besser! Aber du hättest Leon vermutlich gar nicht geholfen – schon aus Prinzip!«

»Da hast du ganz recht, meine Liebe«, antwortete Mona. »Wenn dein Gatte schon glaubt, den großen Geheimagenten spielen zu müssen, dann soll er gefälligst selbst die Suppe auslöffeln, die er sich eingebrockt hat.«

»Du bist unfair, Mutter!« Jolanda stampfte mit dem Fuß auf. »Mafaldus Horus ist der mächtigste Schwarzmagier aller Zeiten. Wie kannst du erwarten, dass Leon allein mit ihm fertig wird? Es ist keine Schande, dass er um Hilfe gebeten hat ...«

»Pah! Wenn er ein *richtiger* Mann wäre, dann wäre das gar kein Problem! Aber in der Zeit, in der er ein Leguan war, ist er wohl etwas verweichlicht ...«

»Mutter, ich hasse dich!« Jolanda war den Tränen nah. »Du bist so gemein! Und im Übrigen trägst du einen scheußlichen Hut!«

Jetzt mischte sich Elena ein. »Hört auf, euch zu streiten!«, rief sie. »Was ist jetzt mit Miranda? Vielleicht ist sie in großen Schwierigkeiten, und ihr habt nichts Besseres zu tun, als euch zu beschimpfen!«

Es fiel Jolanda sichtlich schwer, sich zu beherrschen. Sie atmete ein paar Mal tief durch.

Mona hob arrogant das Kinn. »Dein Kind hat recht«, sagte sie. »Wir müssen etwas unternehmen. Ich schlage vor, Mirandas Eltern anzurufen und sie über das Verschwinden ihrer Tochter zu informieren. Ich werde gleich mit den Leuwens telefonieren.«

Entschlossen zog sie ihren *Transglobkom* aus dem Ausschnitt hervor und klappte ihn auf. Eine durchsichtige Blase stieg empor. Elena erkannte darin denselben Mann, den sie gesehen hatte, als sie Leon angerufen hatte.

»Es tut mir sehr leid, aber transglobale Gespräche sind zurzeit nicht möglich«, sagte er freundlich zu Mona. »Es ist leider eine magische Panne im Netz aufgetreten, die wir sehr bedauern. Unser Kundenservice bemüht sich, die Störung so schnell wie möglich zu beheben.«

»Dann bemühen Sie sich bitte weiter, aber dalli!«, sagte Mona ungnädig und klappte ihren *Transglobkom* wieder zu. Die Blase wurde grün und platzte und hinterließ hässliche Sprenkel auf Monas Kragen.

»Igitt, was soll das denn?«, knurrte Mona und wischte die Sprenkel mit der Hand weg. »Die müssen tatsächlich massive Probleme haben.«

»Glaubst du wirklich, dass Miranda bei ihren Eltern ist?«, fragte Jolanda zweifelnd. »Warum hat sie uns dann keine Nachricht hinterlassen?«

Elena wurde das alles zu viel. »Bestimmt ist Miranda etwas passiert!«, rief sie. »Ich bin sicher, dass ich vorhin einen Gedankennotruf von ihr bekommen habe. Wir müssen etwas unternehmen! Vielleicht hat Mafaldus Horus sie längst in seiner Gewalt!«

»Jetzt dreh nicht durch«, fuhr Mona ihre Enkelin an. »Ich verstehe ja, dass du dir Sorgen um deine Freundin machst, aber wie soll Mafaldus Horus in die Menschenwelt gelangt sein? Nach meinen letzten Informationen ist er ja nach wie vor an den Dornenbaum gebunden. Es hätte sicher im *Hexenspiegel* gestanden, wenn Mafaldus plötzlich freigekommen wäre.«

»Der *Hexenspiegel* hat auch nichts darüber geschrieben, als Smaragd und Taifun bei uns aufgetaucht sind«, gab Elena wütend zurück. »Und das waren Mafaldus' Helfer!«

»Hm, klar, natürlich könnte Mafaldus Horus auch seine Leute geschickt haben«, überlegte Mona jetzt laut, aber Elena hatte inzwischen die Nase voll. Mona und Jolanda würden bestimmt noch endlos diskutieren. Bis sie einen Plan gefasst hatten und etwas unternehmen würden, konnte es für Miranda längst zu spät sein. Vielleicht war es ohnehin schon zu spät. Elena wurde es ganz heiß. Sie war eine schöne Freundin, wenn sie Miranda im Stich ließ!

Ohne ein Wort zu sagen, rannte Elena aus dem Wohnzimmer und stürmte die Treppe hinauf. Vor ihrer Zimmertür ließ sie ihren Rucksack fallen und lief weiter zu Daphnes Zimmer. Hoffentlich war ihre Schwester schon da.

Elena trommelte an die Tür. »Daphne? Ich bin's, Elena! Bitte mach auf, es ist wichtig!«

Ein paar Sekunden später öffnete Daphne mit mürrischer Miene die Tür. Sie hatte Alufolie auf dem Kopf.

»Was gibt's denn so Dringendes?«

Elena starrte entgeistert auf die Glitzerfolie.

»Ich färbe meine Haare rot«, erklärte Daphne. »Mit Henna. Das ist ein natürliches Färbemittel. Meine letzten Zaubersprüche zum Färben sind mir nämlich gar nicht gut bekommen; ich hab büschelweise Haare verloren. – Jetzt starr nicht so! Die Menschen machen es auch so, und den Tipp hab ich von einer Mitschülerin.«

»Kannst du mir dein Handy leihen?«, bat Elena. »Nur kurz. Ich muss Nele oder Jana anrufen, unbedingt.«

»Du willst mit einem Handy telefonieren?«, wunderte sich Daphne. »Du sagst doch immer, dass du schon schreckliche Kopfschmerzen bekommst, wenn ich nur eine SMS empfange.«

»Ausnahmsweise«, sagte Elena. »Stimmt auch, ich kann's kaum aushalten, mit dem Handy zu telefonieren, aber es ist wirklich wichtig. Bitte, Daphne!«

Daphnes Mundwinkel zuckten. »Wirklich wichtig? Na, so was …«, wiederholte sie amüsiert. »Na – dann!« Sie langte auf die Kommode und übergab Elena ihr Handy. »Aber telefonier nicht zu lange, das wird sonst zu teuer.«

»Ich werde mich ganz kurz fassen, schon wegen der Kopfschmerzen«, sagte Elena. »Danke.«

Sie lief mit dem Handy in ihr Zimmer und wählte Neles Nummer. Bereits beim Wählen hatte sie das Gefühl, als würde jemand mit spitzen Nadeln in ihre Stirn stechen. Für eine normale Hexe war es äußerst unangenehm, mit einem Handy zu telefonieren; die elektromagnetische Strahlung vertrug sich einfach nicht mit dem magischen Naturell der Hexen. Elena fühlte, wie Übelkeit in ihr hochstieg.

Nele meldete sich: »Hallo?«

»Ich bin's, Elena«, sagte Elena hastig, während ihr so schwindelig wurde, dass sie sich aufs Bett setzen musste. »Wir müssen etwas wegen Miranda unternehmen. Sie hat mich um Hilfe gebeten. Es muss etwas Schreckliches passiert sein. Könnt ihr kommen, du und Jana?«

Ihr Magen krampfte sich zusammen und der Schmerz in ihrer Stirn wurde unerträglich. In ihren Ohren begann es laut zu pfeifen. Sie konnte Neles Antwort nur mit Mühe verstehen.

»Klar … sag Bescheid … Jana … in einer Stunde … da.«

»Danke.« Elena riss sich das Handy vom Ohr und drückte auf den Aus-Knopf. Sie ließ sich rücklings aufs Bett fallen, so schwach fühlte sie sich. Wie Menschen das nur aushalten konnten! Mit einem Handy zu telefonieren war die reinste Folter!

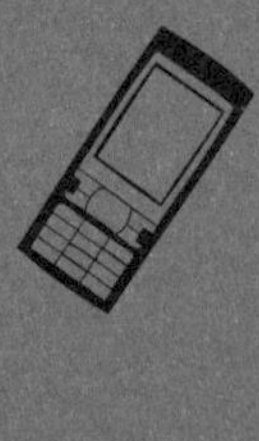

# Wer zornig ist, sollte lieber einen Tag warten, bevor er zaubert

Noch nie war die Zeit so langsam vergangen wie jetzt. Am liebsten hätte Elena den Zeiger der Uhr nach vorne gehext, aber *Zeitzauberei* war ein Kapitel für sich. Sie musste einfach Geduld haben.

Unruhig ging sie in ihrem Zimmer auf und ab und versuchte einen klaren Gedanken zu fassen. Es ärgerte sie ungeheuer, dass ihre Mutter und ihre Großmutter noch keinen vernünftigen Plan hatten, was Miranda anging. Elena konnte sich auch nicht daran erinnern, dass sich Mona und Jolanda irgendwann einmal wirklich einig gewesen waren. Sie stritten lieber miteinander, ohne dass etwas Vernünftiges dabei herauskam …

Elena ließ sich auf ihr Bett fallen. Ihr Blick wanderte automatisch zum Bücherregal und blieb an einem dicken Ordner hängen. Darin hatte sie ordentlich alle Lektionen ihres Fernkurses für das Hexendiplom abgeheftet.

Sie sprang wieder auf, zog den Ordner aus dem Regal und schlug ihn auf. Auf der letzten Seite jeder Lektion befand sich ein Stichwortverzeichnis. Elena ging die Hefte durch und suchte nach dem Stichwort *Verschwinden.* Bei der letzten Lektion wurde sie endlich fündig. Sie blätterte das Heft durch. Leider bezog sich der Eintrag über das »Verschwinden« nur darauf, wie man ein vermisstes Haustier wiederfinden konnte.

## Verschwinden eines Haustiers

Wenn dein Hamster verschwunden ist oder deine Schildkröte, kannst du herausfinden, ob jemand dein Tier aus dem Käfig gestohlen hat.
Dazu musst du das Wasser des Trinknapfs befragen. Du träufelst einige Tropfen des Wassers auf einen Spiegel und vermischt sie mit drei Tropfen Ziegenmilch, während du das Wort »Veritas!« aussprichst. Der Spiegel wird blind werden. Du bedeckst ihn eine halbe Stunde mit einem schwarzen Tuch. Danach reibst du ihn mit einem weißen Tuch sauber. Wenn du dann in den Spiegel siehst, wird er dir zeigen, ob jemand in den Käfig gegriffen und dein Tier herausgeholt hat. Achte auf die Hände, daran erkennst du möglicherweise den Dieb!

Elena stöhnte verärgert. Dieser Tipp würde ihr überhaupt nicht weiterhelfen, was Miranda anging!

Sie blätterte weiter und fand einen Hinweis, dass man auch Pflanzen befragen konnte.

*»Pflanzen sind sehr aufmerksame Wesen«*, las Elena. *»Um Auskunft geben zu können, müssen sie jedoch lebendig sein. Ein frisches Löwenzahnblatt kann dir noch etwas verraten, ein Büschel Heu aber nicht.«*

Frustriert legte sie den Ordner zur Seite. Sie fragte sich, warum sie überhaupt so fleißig für das Hexendiplom paukte. Miranda war kein Haustier und in ihrem Zimmer gab es keine Löwenzahnblätter.

Nur die Blumentöpfe auf der Fensterbank …

Elena runzelte die Stirn, holte den Ordner wieder her und las weiter. Sie erfuhr, dass sie ihren Geist mit der Pflanze vereinigen musste und dadurch sehen konnte, was vorgefallen war. In den Zellen war alles gespeichert, was die Pflanze erlebt hatte.

*»Wenn das Löwenzahnblatt schon sehr welk ist, kann es sein, dass sich seine trüben Gedanken auf dich übertragen und du sehr traurig wirst«*, las Elena. *»Das Blatt fühlt seinen herannahenden Tod. Deswegen Vorsicht bei solchen Pflanzenexperimenten!«*

In diesem Moment klingelte es. Elena sprang auf und rannte auf den Flur. Sie hörte, wie Mona unten die Haustür öffnete.

»Ach, ihr seid es«, sagte sie und ließ Nele und Jana herein. »Elena ist oben in ihrem Zimmer.«

Gleich darauf stürmten die beiden Mädchen die Treppe hinauf.

»Hallo Elena!« Nele hatte von der Kälte ein rotes Gesicht. Jana war blass wie immer, nur ihre Nasenspitze hatte einen rosigen Farbton angenommen.

»Meine Mutter wollte mich gar nicht weglassen«, berichtete sie. »Ich musste ihr versprechen, dass ich nachher noch zwei Stunden Klavier übe.« Sie verdrehte die Augen.

Früher hatte Jana das Klavierspielen über alles geliebt, aber inzwischen hatte ihr Interesse etwas nachgelassen. Frau Kleist achtete jedoch streng darauf, dass ihre Tochter jeden Tag mindestens eine halbe Stunde am Klavier saß, um die Stücke zu üben, die ihr der Klavierlehrer aufgegeben hatte.

»Wir müssen herausfinden, was mit Miranda passiert ist«, sagte Elena. »Ich habe nach der Schule einen Gedankennotruf von ihr erhalten. Ich fürchte, sie ist in großen Schwierigkeiten.« Sie berichtete, wie Mona und Jolanda reagiert hatten, als sie ihnen von ihrem Ausflug in die Hexenwelt erzählt hatte.

»Mona will jetzt mit Mirandas Eltern reden, aber sie bekommt keine Verbindung in die Hexenwelt«, sagte Elena.

»Es gibt magische Störungen. Mein Vater hat mich auch noch nicht zurückgerufen, dabei hoffe ich so dringend auf seinen Rat.«

»Und wie können wir helfen?«, fragte Jana zögernd. »Ihr seid doch die Hexen und euch stehen viel bessere Mittel zur Verfügung als uns Menschen …«

»Nicht immer«, widersprach Elena. »Manchmal bringt uns die Magie auch in große Schwierigkeiten.«

Sie führte Jana und Nele in ihr Zimmer. Nele sah den aufgeschlagenen Ordner und stürzte sich gleich darauf.

»Oh, das sind die Lektionen für euer Hexendiplom, von dem du dauernd erzählst!« Sie bekam leuchtende Augen. »Ach, Elena, ich würde das Zaubern so gerne einmal ausprobieren. Stell dir vor, es würde auch bei mir funktionieren …«

Elena schüttelte den Kopf. »Du bist ein *Homo sapiens sapiens,* Nele. Um hexen zu können, muss man ein *Homo sapiens magus* sein, sonst nützt selbst der stärkste Zauberspruch nichts.«

Nele sah enttäuscht aus, obwohl Elena ihr die Sache schon öfter erklärt hatte.

»Vielleicht kann ich herausfinden, wie Miranda heute Morgen aus ihrem Zimmer verschwunden ist«, murmelte Elena. »Ich könnte die Pflanzen auf ihrer Fensterbank befragen. Ein Kapitel in dem Ordner für unser Hexendiplom hat mich gerade auf die Idee gebracht.«

»Du willst *was?*«, fragte Jana ungläubig und tippte sich an die Schläfe.

Elena hielt ihr wortlos den Ordner unter die Nase. Jana las den Absatz durch und runzelte die Stirn.

»Aber das bezieht sich doch auf Haustiere«, wandte sie ein.

»Aber weiter unten steht auch etwas zur Befragung von Pflanzen. Ich bin mir aber nicht sicher, ob es klappen wird bei Mirandas Zimmerpflanzen«, sagte Elena. »Aber ich muss es wenigstens versuchen. Kommt mit.«

Sie gingen in Mirandas Zimmer.

Elena schnüffelte. »Es riecht noch immer nach Schwefel.«

Jana schnupperte ebenfalls. »Ich rieche nichts«, sagte sie und schüttelte den Kopf. »Wie ordentlich es hier ist«, sagte Nele und trat an Mirandas aufgeräumten Schreibtisch. Die Stifte lagen in einer Schale, und die Zettel und Hefte waren sauber gestapelt. Auch in ihrem Bücherregal stand kein einziges Buch schief.

Elena begutachtete bereits die Pflanzen auf der Fensterbank. Sie hatte sich nie sonderlich dafür interessiert, welche Blumentöpfe hier standen. Miranda hatte ein bisschen mit Pflanzen experimentiert, aber sie konnte in dieser Hinsicht Oma Mona nicht das Wasser reichen. Mona hatte nämlich einen grünen Daumen. Die Pflanzen schienen ihre magische Ausstrahlung zu lieben und sie wie Dünger aufzusaugen.

Doch jetzt sah Elena die Zimmerpflanzen mit anderen Augen. Die Pflanzen hatten die ganze Zeit auf der Fensterbank gestanden, folglich mussten sie auch mitbekommen haben, was im Zimmer geschehen war. Elena musste sich nur gedanklich mit einer der Pflanzen verbinden … Doch mit welcher? Der kugelige Kaktus sah nicht besonders einladend aus. Die ausladende Buntnessel vielleicht? Oder lieber die Grünlilie mit ihren langen, grünweißen Blättern und den langen Ausläufern mit den weißen Blüten?

»Welche Pflanze würdet ihr denn fragen?« Elena drehte sich zu Nele und Jana um.

Jana machte einen Schritt aufs Fenster zu.

»Die da«, sagte sie und tippte auf eine Pflanze mit gelbgrünen Blättern. »Das ist eine Efeutute. So eine haben wir auch zu Hause. Sie ist robust und unempfindlich …«

»Sie ist hübsch«, meinte Nele. »Die Blume daneben auch. Aber der Kaktus ist mir nicht geheuer!«

Elena nickte.

»Okay, ich versuche es mit der Efeutute.« Sie schluckte. Hoffentlich klappte der Zauber! »Schließt lieber die Zimmertür ab«, bat sie ihre Freundinnen. »Ich will nicht, dass meine Oma reinplatzt.«

»Aber für die ist doch eine abgeschlossene Tür bestimmt kein Hindernis«, meinte Nele, während sie den Schlüssel herumdrehte.

»Stimmt«, bestätigte Elena. »Aber es hält sie zumindest einen Moment auf.« Sie hatte den Blumentopf mit der Efeutute von der Fensterbank genommen und stellte ihn auf den Schreibtisch. Die Pflanze hatte sehr lange Ranken. Elena wickelte eine davon lose um ihren Hals, eine andere um ihre Stirn.

»Wie hübsch!«, spottete Nele, aber Jana stieß ihr den Ellbogen in die Rippen.

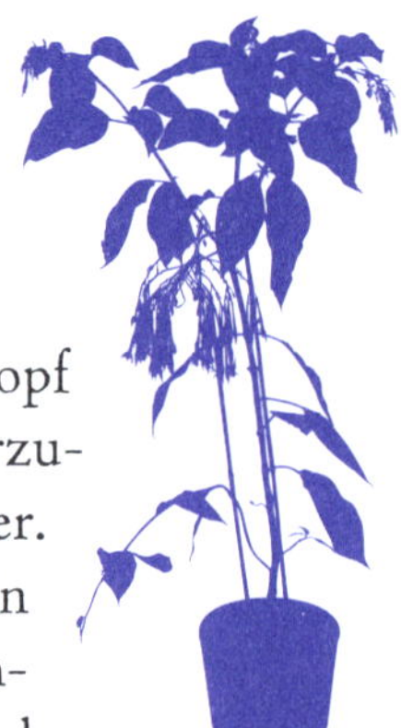

»Jetzt lass den Quatsch, Elena muss sich konzentrieren!«

Elena nickte. »Drückt mir die Daumen!«, bat sie. »Ich habe so was ja noch nie gemacht!«

Sie schloss die Augen und versuchte im Kopf eine geistige Verbindung mit der Pflanze herzustellen. Zuerst spürte sie nur die kühlen Blätter. Dann hatte sie das Gefühl, dass grüner Nebel in ihren Kopf eindrang. Er wurde dichter und dichter. Gleichzeitig schienen Elenas Ohren empfindlicher zu werden. Sie vernahm ein Knistern und Knacken und wusste plötzlich, dass es vom Kaktus stammte, dessen Stacheln wuchsen …

*Efeutute, bitte zeig mir, was mit Miranda geschehen ist!*, bat Elena in Gedanken. Wenn sie sich mit Miranda nur in Gedanken verständigte, verwendete sie dieselbe Technik.

Beim Stichwort *Miranda* fühlte Elena, wie eine Welle Sympathie über sie hereinschwappte. Das war die Antwort der Pflanze. Die Efeutute *liebte* Miranda, die sich jeden Tag liebevoll um sie gekümmert hatte.

Elena spürte den Durst der Pflanze und das Gefühl, wenn Miranda ihr neues Wasser gegeben hatte. Sie erinnerte sich an das sanfte Streicheln, wenn Miranda die Blätter der Pflanze von Staub befreite.

*Was ist mit Miranda passiert?*, wiederholte Elena. *Warum ist sie verschwunden?*

Der grüne Nebel in ihrem Kopf lichtete sich. Plötzlich war es, als würde Elena Mirandas Zimmer durch eine grüne Sonnenbrille sehen, die mit einem Ölfilm verschmiert war. Sie erkannte nur Schemen.

Etwas rührte sich in der Zimmermitte. Das musste Miranda sein. Elena erkannte sie an der Art, wie sie sich bewegte. Sie schloss gerade den Reißverschluss ihrer Hose. Dann schüttelte sie ihr Nachthemd aus und wollte es auf dem Bett zusammenfalten.

Mit einem Mal waren zwei fremde Gestalten im Zimmer – zwei Kuttenmänner mit großen Kapuzen. Elena sah, wie die Eindringlinge Miranda packten. Miranda wehrte sich. Dann verschwanden alle drei in einem Loch, das sich in der Mitte des Zimmers aufgetan hatte …

»Miranda!«, schrie Elena voller Entsetzen.

Sie merkte, wie die Efeututе bei ihrem Schrei erschrak und zusammenzuckte. Elena spürte ihre Enttäuschung, ja sogar Feindseligkeit. Dann zog sich die Pflanze innerlich von ihr zurück und die Verbindung brach ab.

Elena öffnete die Augen wieder. Im ersten Moment war ihr schwindelig und sie musste sich auf den Schreibtisch stützen. Nele befreite sie von den Ranken.

»Und?«, fragte Jana gespannt. »Hast du etwas herausgefunden?«

Elena nickte. Sie brauchte ein paar Sekunden, bis sie überhaupt sprechen konnte.

»Miranda ist von zwei Kuttenmännern entführt worden.« Ihre Stimme klang rau und sie zitterte am ganzen Leib. »Das waren bestimmt Helfer von Mafaldus Horus!«

Miranda wurde vor Schreck und Angst fast ohnmächtig, als der Schwarzmagier sie zu sich in den Dornenbaum zog. Sie spürte das Holz ringsum und gleichzeitig die Gegenwart mächtiger Magie.

Und dann hielten Mafaldus' Arme sie eng umschlungen. Ihr Kopf lehnte an seiner Brust und sie hörte seinen dumpfen Herzschlag.

»Jetzt sind wir eins, du und ich«, sagte Mafaldus Horus mit einschmeichelnder Stimme. »Du brauchst keine Angst vor mir zu haben. Entspann dich.« Er streichelte ihren Rücken.

Mirandas Widerstand erlahmte. Ihre Glieder wurden schlaff. Es tat gut, sich anzulehnen. Sie fühlte, wie ihr eigener Herzschlag langsamer wurde und sich seinem Herzen anpasste. Mafaldus' mächtige Zauberkraft, die zuerst so abschreckend auf sie gewirkt hatte, umhüllte sie wie ein dunkles warmes Tuch. Sie begann sich geborgen zu fühlen.

»So ist es gut«, sagte Mafaldus mit sanfter Stimme. »Siehst du, ich habe es gewusst.«

*Wie kann das sein?*, dachte Miranda verwundert, die Wange an seinen Umhang geschmiegt. *Ich habe mich so vor Mafaldus gefürchtet. Und jetzt …*

»Alles ist gut«, wiederholte Mafaldus. »Vertrau mir.«

Sie lehnte ihren Kopf zurück. Obwohl es dunkel war, konnte sie seine Gesichtszüge erkennen. Er lächelte sie an, hob seine Hand und strich ihr sachte über die Wange.

»Du wirst alles für mich tun«, sagte er leise.

»Ja«, flüsterte sie.

# Schwarze Magie kann süchtig machen!

»Hölle noch mal!«, fluchte Mona, nachdem sie zum dritten Mal versucht hatte, per *Transglobkom* mit Mirandas Eltern Kontakt aufzunehmen. »Noch immer keine Verbindung. Was ist denn da los?«

»In bestimmten Gebieten gibt es unerklärliche schwarzmagische Turbulenzen«, stotterte der Mann in der durchsichtigen Blase. »Bitte seien Sie versichert, dass unsere Spezialisten alles versuchen, die Ursache der Störung herauszufinden. So etwas ist während meiner ganzen Dienstzeit noch nie vorgekommen!«

»Sie machen mir Hoffnungen«, knurrte Mona und klappte ärgerlich ihren *Transglobkom* zu.

Jolanda stand nachdenklich am Fenster und drehte sich dann um. »Ich bin ziemlich beunruhigt«, sagte sie. »Wenn es stimmt, was Elena von dem Fluch erzählt hat, dann ist Miranda in großer Gefahr.«

»*Wenn* es stimmt«, betonte Mona und zog die Augenbrauen hoch.

»Elena reimt sich so schnell nichts zusammen. Ich finde, das klingt alles ganz einleuchtend, was sie vermutet«, verteidigte Jolanda ihre Tochter. »Warum sollte sie so eine Geschichte auch erfinden?«

»Ich weiß nicht.« Mona trommelte auf den Kaminsims. »Für mich hört sich das alles schon sehr unwahrscheinlich an. Die beiden Mädchen als Helferinnen des großen Geheimagenten Leon Bredov – ehrlich, Jolanda, glaubst du so was? Ich denke nach wie vor, dass Miranda unglücklich verliebt ist und deswegen so schlecht aussieht.« Sie lächelte säuerlich. »Es erinnert mich an meine eigene Jugend, als ich aus Liebeskummer sterben wollte. Heute bin ich natürlich froh, dass ich mich mit dem Kerl nicht eingelassen habe, aber damals …« Sie seufzte und schnippte mit den Fingern. Eine kleine Kiste, die auf dem Sims stand, öffnete sich und ein Zigarillo schwebte zielstrebig zu Monas Lippen.

Jolanda runzelte ärgerlich die Stirn. »Du sollst doch nicht im Wohnzimmer rauchen, das haben wir ausgemacht.«

»Glaubst du, ich rauche bei dieser Saukälte auf der Terrasse?«, empörte sich Mona. Sie schnippte wieder mit den Fingern und der Zigarillo brannte. »Willst du etwa, dass sich deine alte Mutter erkältet?«

»*Alte* Mutter«, spottete Jolanda, denn Mona sah für ihr Alter sehr jugendlich aus. »Meine *alte* Mutter sollte lieber ganz aufhören zu rauchen. Das ist nicht gut für die Lunge und überhaupt.«

»Unsinn!«, schnaubte Mona und inhalierte den Rauch. »Diese würzigen Kräuterzigarillos sind längst nicht so schädlich wie andere Zigaretten oder Zigarren.« Sie blies einen Kringel in die Luft. Er formte sich zu einem Warndreieck mit einem Ausrufezeichen in der Mitte.

»Liebeskummer«, fuhr Mona fort, »kann einen ganz schön fertigmachen. Ich habe damals zwölf Kilo abgenommen. Ich war so leicht, dass mein Besen mit mir immer über die Baumkronen geflogen ist. Das Landen war natürlich entsprechend schwierig, ganz zu schweigen von der Gefahr, mit irgendwelchen Raubvögeln zusammenzustoßen. Aber das war mir egal. Ich glaube, mir gefiel sogar die Vorstellung, dass ich bei einem Zusammenstoß mit einem Bussard abstürzen und mir den Hals brechen könnte.

»Du sollst nicht so reden!«, sagte Jolanda streng.

»Ach Kindchen«, murmelte Mona versonnen. »Ich hatte zu jener Zeit überhaupt keinen Hunger. Mein Bauch war angefüllt mit meinem Kummer. Ich konnte sogar die besten Torten stehen lassen.«

»Als du damals wolltest, dass ich mich von Leon trenne, ist es mir genauso ergangen«, sagte Jolanda. »Ich war so unglücklich, dass ich am liebsten gestorben wäre. Nur damit du weißt, was du mir angetan hast. Du bist nicht die Einzige, die unter heftigem Liebeskummer gelitten hat.«

»Ich bin nach wie vor davon überzeugt, dass Theobaldus Magnus ein besserer Ehemann für dich gewesen wäre«, entgegnete Mona. »Du hättest eine sehr glückliche Ehe geführt.«

»Täusch dich da nur nicht«, widersprach Jolanda. »Ich weiß von Leon, dass Theobaldus Magnus zu den *Schwarzen Zauberkutten* gehört. Er soll sogar einer ihrer Anführer sein.«

Mona wurde blass. »Nein!«

»Sag bloß, das hast du noch nicht gewusst«, sagte Jolanda spitz. »Sonst erfährst du doch alle Neuigkeiten früher als ich. Du kannst dich also langsam mal von der Illusion verabschieden, dass Theobaldus Magnus der perfekte Schwiegersohn für dich gewesen wäre.«

Mona tat einen tiefen Lungenzug und schwieg. Der Rauch, den sie durch die Nase ausstieß, formte sich zu mehreren Fragezeichen, die langsam durch den Raum schwebten und immer größer wurden, bis sie sich schließlich auflösten.

»Nun ja«, sagte Mona endlich, »wahrscheinlich hat Theobaldus es nicht verkraftet, dass du Leon vorgezogen hast, und muss sich jetzt eben auf andere Art beweisen. Ich kann allerdings nicht glauben, dass er dafür tatsächlich schwarze Magie braucht.«

Jolanda schüttelte den Kopf. »Er hatte schon damals einen Hang zu schwarzer Magie«, sagte sie leise. »Einmal bin ich dabei gewesen, wie er versucht hat, eine tote Katze wieder zum Leben zu erwecken. Er hat mir sein Kunststück stolz vorgeführt. Die Katze hat aber nur ein paar Schritte geschafft und ist dann gegen die Wand gelaufen. Ich sehe noch ganz deutlich vor mir, wie sie umgefallen ist und ihre stocksteifen Beine in die Luft gestreckt hat. Es war scheußlich, ich konnte etliche Nächte nicht schlafen.«

»Das hast du mir nie erzählt«, sagte Mona vorwurfsvoll.

»Du hättest mir die Geschichte nicht geglaubt«, meinte Jolanda.

»Mag sein«, gab Mona zu.

»Genauso wenig, wie du jetzt Elenas Geschichte mit Mafaldus' Fluch glaubst«, fuhr Jolanda fort.

Mona ging zum Fenster und drückte ihren Zigarillo in einem Blumentopf aus. »Gut«, sagte sie langsam. »Ich werde mit dem Oberamtszaubermeister reden und ihn um seine Meinung fragen. Er wird wissen, wozu Mafaldus Horus fähig ist.« Sie riss beide Arme hoch und war auf einmal in Reisekleidung. Ihren flachen Hut mit den Schäfchen hatte sie gegen einen eleganten purpurnen Hexenhut eingetauscht, der mit goldenen Rosen dekoriert war.

»Du willst in die Hexenwelt reisen?«, fragte Jolanda.

»Was soll ich denn sonst tun, wenn der *Transglobkom* nicht funktioniert?«, sagte Mona.

»Aber du hast doch gar keinen Reiseantrag gestellt«, wandte Jolanda verwirrt ein.

»Kindchen«, Mona lächelte, »glaubst du, ich brauche so etwas? Ich kenne natürlich auch ein paar inoffizielle Wege. Ich bin bald wieder zurück. Tschüssi!«

Mona verschwand mit einem leisen Knall.

Eine Sekunde später tauchte sie neben dem Kamin wieder auf, griff nach dem Kästchen mit den Zigarillos und lächelte Jolanda an.

»Fast hätte ich meinen Reisevorrat vergessen«, sagte sie. »Ich lasse dich dann wissen, ob ich Mirandas Eltern angetroffen habe. Ich bin sicher, die Sache mit Miranda klärt sich schon bald von alleine. Ciao!«

Es knallte wieder, und diesmal war Mona endgültig fort.

Zur gleichen Zeit saßen die drei Mädchen in Elenas Zimmer auf dem Bett und beratschlagten, was sie tun sollten. Elena war außer sich vor Angst um Miranda.

»Wenn sie wirklich von Mafaldus Horus entführt wurde, was wird er wohl mit ihr machen?«, fragte Jana tonlos.

»Ich weiß es nicht«, sagte Elena verzweifelt.

Wie würde seine Rache aussehen? Er hielt Miranda immerhin für mitschuldig, dass seine Befreiung nicht gelungen war!

Würde er sie gefangen nehmen und für länger in einem Versteck festhalten? Würde er sie für seine Zaubereien benutzen? Oder würde er sie aus Rache sogar töten?

Elena überlief es eiskalt. Sie rieb sich die Schläfen, denn sie hatte auf einmal stechende Kopfschmerzen, obwohl kein Handy in der Nähe eingeschaltet war.

Sie hatte sich nie für schwarze Magie interessiert. Schwarze Magie war verboten, gefährlich und unkontrollierbar. Schwarze Magie befasste sich oft mit dem Tod. Deswegen konnte Elena überhaupt nicht einschätzen, wie sich Mafaldus Horus verhalten würde. Sie befürchtete das Schlimmste für Miranda …

Nele legte den Arm um Elena. »Können wir nicht doch irgendwie helfen? Wir haben keine Angst. Wir können mit dir kommen, deinen Vater in der Hexenwelt suchen und zusammen mit ihm Miranda befreien«, schlug sie vor.

Elena wandte den Kopf und sah sie überrascht an. Hatte Nele diesen abenteuerlichen Vorschlag tatsächlich ernst gemeint?

Aber Nele war überzeugt von dem, was sie gesagt hatte. Auch Jana nickte, wenn auch zögerlich.

»Ihr wollt also tatsächlich mit in die Hexenwelt?« Elena konnte es noch immer nicht fassen.

»Na ja«, meinte Nele, »warum nicht? Drei können mehr ausrichten als einer, oder?«

»Aber es kann gefährlich werden, für uns alle«, murmelte Elena. Sie war nicht wirklich begeistert von Neles Idee. Einerseits wollte sie ihre Freundinnen gern mitnehmen, um Miranda zu helfen. Zu dritt würden sie einfach stärker sein. Andererseits hatten Menschen absolut keinen Zutritt in die Hexenwelt, zumindest, soweit Elena wusste. Sie rang mit sich.

Von der Menschenwelt aus konnte sie jedenfalls wenig für Miranda tun. Sie *musste* in die Hexenwelt. Aber war es nicht klüger, allein zu reisen? Sie würde versuchen, ihren Vater zu treffen. Und vielleicht konnte auch Eusebius sie unterstützen …

»Ich fürchte mich wirklich nicht«, unterbrach Nele Elenas Gedanken. »Und wir werden alles tun, was du uns sagst.«

Jana nickte wieder. Sie sah sehr blass aus.

»Das ist echt eine sehr schwierige Entscheidung für mich«, sagte Elena zögernd.

Offen gestanden grauste es ihr bei der Vorstellung, allein zu reisen. Wer weiß, wie lange es dauern würde, bis sie ihren Vater gefunden hatte. Und vielleicht hatte der gerade mal wieder eine superwichtige Mission zu erfüllen – und gar keine Zeit für Elenas Probleme ... Sie nagte vor lauter Nervosität an ihren Fingernägeln.

»Eine Reise zu dritt ist auf alle Fälle besser, als wenn du allein aufbrichst«, erklärte Nele im Brustton der Überzeugung. »Elena, überleg doch mal! Ohne uns bist du vielleicht länger unterwegs! Und wir könnten dir vielleicht mehr helfen, als du jetzt glaubst!«

Elena zögerte noch immer. »Ich mag ja auch nicht wirklich alleine reisen. Es ist nur ... so gefährlich, Menschen in die Hexenwelt einzuschleusen«, sagte sie. »Wenn mein Vater euch sieht, verlangt er möglicherweise, dass ihr sofort in die Menschenwelt zurückkehrt ...«

»Aber immerhin waren wir dann solange bei dir, bis du deinen Vater getroffen hast, und ab dem Zeitpunkt bist du ja auch nicht mehr allein«, meinte Nele.

»Genau«, sagte Jana.

Elenas Herz war schwer. Es konnte noch viel schlimmer kommen. Vielleicht würde man sie sogar in den Kerker werfen, weil sie ihre Freundinnen mitgebracht hatte. Elena wusste nicht, ob es ein Gesetz gab, das verbot, dass sich Menschen in der Hexenwelt aufhielten. Sie war sich trotzdem ziemlich sicher, dass es mehr als unerwünscht war. Denn bisher war keine Hexe so dumm gewesen, einem Menschen ihre magische Welt zu zeigen. Zumindest kannte Elena keinen Fall …

Sie zog noch einmal ihr Amulett hervor. Noch immer war keine Nachricht von ihrem Vater gekommen. Wahrscheinlich war die Verbindung zwischen den beiden Welten nach wie vor gestört.

»Nimmst du uns jetzt mit?«, bettelte Nele.

Auch Jana sah Elena gespannt an.

»Gut«, sagte Elena endlich, obwohl sie noch immer daran zweifelte, dass es die richtige Entscheidung war. Sie stand von ihrem Bett auf. »Ich muss nur noch mal kurz zu Daphne. Wartet hier auf mich.«

Sie lief auf den Gang. Daphne reagierte ziemlich ungehalten, als sie wieder an ihre Zimmertür klopfte.

»Beim Orkus, hat man denn in diesem Haus überhaupt keine Ruhe? Was ist denn?«

»Ich bin's, Elena. Mach auf, Daphne, es ist wirklich dringend.«

Endlich öffnete Daphne die Tür einen Spalt. Sie hatte inzwischen die Alufolie von ihrem Kopf genommen. Ihre Haare waren feuerrot und standen nach allen Seiten ab. Elena vermutete, dass das Ergebnis etwas anders ausgefallen war, als Daphne es sich gewünscht hatte.

»Jetzt glotz nicht so«, fauchte Daphne. »Was gibt's? Willst du noch einmal mein Handy?«

»Diesmal nicht.« Elena kam ohne Umschweife zur Sache. »Hast du noch illegale Fahrkarten von Gregor?«

»Wozu?«

»Ich muss unbedingt in die Hexenwelt und Papa finden, damit wir Miranda helfen können.«

Daphne presste die Lippen zusammen. Dann ging sie zu ihrem Schreibtisch, ließ ein Geheimfach aufspringen und holte einen kleinen grauen Block heraus. Sie riss das oberste Blatt ab.

»Hier. Und jetzt zisch ab, ich muss mich um meine Frisur kümmern.«

Elena wich nicht von der Stelle. »Kann ich noch zwei Fahrkarten haben?«

Daphne schüttelte den Kopf. »Dann ist der Block leer und ich kann Gregor gar nicht mehr besuchen.«

»Ich dachte, ihr habt Schluss gemacht«, wunderte sich Elena.

Daphne lächelte hintergründig.

»Ihr vertragt euch also wieder«, schlussfolgerte Elena.

»Genau.« Ihre Schwester nickte. »Und wozu brauchst du drei Fahrkarten?«

Elena zuckte nur mit den Schultern. »Brauch ich eben.«

»Willst du etwa deine Freundinnen mitnehmen?«, fragte Daphne.

Elena antwortete nicht.

»Du bist völlig übergeschnappt«, stellte Daphne fest. »Wenn ihr erwischt werdet, seid ihr dran!«

»Ich will sie ja gar nicht mitnehmen«, log Elena. Sie wusste, dass jede Diskussion sinnlos war, Daphne würde keine weitere Fahrkarte mehr herausrücken. »Danke. – Deine Frisur sieht übrigens cool aus.«

Sie drückte die graue Fahrkarte wie einen Schatz an ihre Brust und lief in ihr Zimmer zurück, wo Nele und Jana ihr schon gespannt entgegensahen.

Elena schloss die Tür hinter sich und wedelte triumphierend mit der Fahrkarte.

»Was ist denn das?«, wollte Nele wissen.

»Ein illegales Portal«, antwortete Elena. »Daphne hat es von ihrem Freund Gregor, und der hat es vom Schwarzmarkt. Es wird ein bisschen schwierig sein, weil wir es zu dritt benutzen müssen, aber ich hoffe, es funktioniert.«

Sie erklärte ihren Freundinnen, dass man die Karte nach einer bestimmten Methode einschneiden musste, sodass aus der Fahrkarte eine geschlossene Papierkette wurde.

»Wir müssen allerdings gleichzeitig hindurchsteigen«, sagte Elena und hoffte inbrünstig, dass es auch funktionieren würde und niemand von ihnen zurückblieb.

Nele war skeptisch. Sie strich behutsam über die Fahrkarte. »Und damit sollen wir wirklich in die Hexenwelt kommen?«

Elena nickte. »Die Fahrkarte ist magisch beschichtet.«

»Und wann soll es losgehen?« Jana warf Nele einen unsicheren Blick zu.

»Na, am besten gleich«, meinte Nele. »Wenn Miranda tatsächlich irgendwo von Mafaldus Horus gefangen gehalten wird, zählt jede Minute.«

»Und wann werden wir wieder zurück sein?«, wollte Jana wissen.

»Keine Ahnung!«, gestand Elena. »Ich weiß nicht, was uns in der Hexenwelt erwartet.«

»Aber wenn ich heute Abend nicht nach Hause komme, wird sich meine Mutter Sorgen machen«, wandte Jana ein. »Und wenn wir morgen in der Schule fehlen …«

»Jana, es geht vielleicht um Mirandas Leben!«, unterbrach Nele ihre Freundin. »Für deine Mutter und meine Eltern finden wir bestimmt eine Erklärung, falls wir tatsächlich länger weg sind. Außerdem bin ich sicher, dass Miranda und

Elena notfalls alles in Ordnung bringen können, wenn wir wieder zurück sind.«

»Klar, mit einem *Zeitzauber* ist das kein Problem«, sagte Elena. Sie fühlte sich etwas unbehaglich dabei, so etwas zu versprechen, denn mit dieser Art von heikler Hexerei hatte sie bisher kaum Erfahrung. »Gut, dann lasst uns starten!«

Sie musterte ihre beiden Freundinnen. Jana und Nele hatten ihre Anoraks auf Elenas Bett geworfen. Warme Kleidung war bestimmt nicht verkehrt in der Hexenwelt. Elena schnippte mit den Fingern. Aus ihrem Kleiderschrank schwebte eine gefütterte Jacke und legte sich sachte neben die Anoraks.

Nele grinste. »Ich mag es, wenn du zauberst«, sagte sie. »Davon kann ich einfach nicht genug kriegen. Und ich würde es so gerne selbst können.« Sie schnippte ebenfalls mit den Fingern, aber natürlich tat sich nichts.

Elena holte eine Schere aus der Schreibtischschublade und begann die Fahrkarte zu zerschneiden. Sie arbeitete konzentriert. Der Papierring sollte möglichst groß werden, damit sie auch wirklich zu dritt hindurchpassten.

»Und was passiert, wenn die Fahrkarte zerreißt?«, fragte Jana, die Elena misstrauisch beobachtete.

»Sie geht nicht kaputt, ganz einfach!« Nele war optimistisch. Sie nahm ihren Anorak vom Bett und begann ihn anzuziehen.

»Ich glaube, ich muss vorher noch mal aufs Klo«, sagte Jana.

»Du weißt ja, wo unser Badezimmer ist«, meinte Elena und schnitt die letzten Kanten durch.

»Wohin bringt Ihr mich?«, fragte Miranda mit schwacher Stimme. Sie war noch immer wie betäubt. Ein Teil ihres Verstandes sagte ihr, dass es nicht gut war, so nah bei Mafaldus zu sein. Doch sie war unfähig, sich aus seiner Umarmung zu lösen.

»Das wirst du sehen, Miranda«, flüsterte der Magier. »Vertrau mir.« Sein Mund war dicht bei ihrem Ohr. Seine Stimme drang in ihren Kopf und machte es ihr schwer, sich auf ihre Gedanken zu konzentrieren.

Miranda sah aus den Augenwinkeln, wie sich die Umgebung veränderte. Sie waren im Innern eines Baumes gewesen, doch jetzt begann die Rinde zurückzuweichen und der Raum dehnte sich aus. Auf einmal schienen sie sich in einem runden hölzernen Turm zu befinden. Durch Öffnungen, die sich hoch oben befanden, fiel spärliches Licht in den Turm.

Als Mafaldus Horus Miranda unvermittelt losließ, schwankte sie einen Moment lang. Dann gewann sie das Gleichgewicht wieder. Sie blickte sich um. An den Wänden befanden sich schmiedeeiserne Halterungen, in denen schwarze Kerzen steckten. Mafaldus machte eine Handbewegung – und die Kerzen brannten.

»Komm mit!«

Er bückte sich und öffnete eine Bodenklappe. Hölzerne Stufen führten in die Tiefe. Mafaldus bewegte seine Finger – und schon hatte er eine lodernde Fackel in der Hand. »Folge mir!«, forderte er Miranda auf und begann die Stufen hinabzusteigen.

Miranda gehorchte. Schritt für Schritt ging sie hinter dem Magier her. Immer tiefer ging es hinunter. Keiner von ihnen sprach ein Wort. Miranda hatte keine Ahnung, wohin die Treppe führte. Sie mussten schon längst unter der Erde sein.

*Wo ist der Baum?*, dachte Miranda. *Sind wir im Wurzelwerk?*

Warum konnte sich Mafaldus auf einmal frei bewegen, wo er doch eigentlich an den Dornenbaum gebunden war?

Miranda wunderte sich, aber ihre Gefühle erreichten nicht ihr Herz. Deshalb verspürte sie auch keine Angst. Es war, als würde sie sich unter einer großen Glasglocke befinden. Nichts schien sie wirklich anzugehen.

Mafaldus' Fackel warf ein flackerndes Licht. Die Wände waren schwarz wie Friedhofserde.

Stufe um Stufe ging es abwärts. Nach einer Weile verlor Miranda jegliches Zeitgefühl. Sie konnte nicht mehr sagen, wie lange sie schon unterwegs waren. Waren es Minuten oder schon Stunden? Wie in Trance setzte sie Fuß vor Fuß, sie und Mafaldus hatten das gleiche Tempo. Manchmal knarrte eine Treppenstufe.

Sie mussten schon sehr tief im Erdreich sein. Mit einem Mal blieb Mafaldus stehen. Als er die Fackel hob, merkte Miranda, dass sie das Ende der Treppe erreicht hatten. Sie befanden sich in einem dunklen Gewölbe. Es roch nach Feuchtigkeit und Moder.

Als sie ein paar Schritte weitergegangen waren, sah Miranda ein Stück entfernt einen breiten unterirdischen Fluss. Das Wasser schien noch schwärzer zu sein als die Erde ringsum, tief, unergründlich und unheimlich. Miranda begann zu zittern. Es graute ihr vor dem Gewässer. Sie blieb stocksteif stehen.

Mafaldus wandte sich nach ihr um. »Was hast du?«, fragte er. »Warum gehst du nicht weiter?«

»Was ist das für ein Fluss?«, wisperte Miranda, während ihre Lippen bebten.

»Ein ganz normaler Fluss, warum?«, antwortete Mafaldus. »Jetzt komm.«

Miranda rührte sich nicht. Sie spürte, dass der Magier log. Der Fluss war etwas ganz Entsetzliches und Bedrohliches. Alles krampfte sich in ihr zusammen.

Als Mafaldus sah, dass Miranda sich nicht vom Fleck rührte, kehrte er um und fasste sie am Arm. »Komm, Miranda«, wiederholte er. »Vertrau mir. Es wird dir nichts passieren.«

Wieder fühlte Miranda die hypnotische Macht des Magiers. Ihr Widerstand erlahmte, sie ließ sich von ihm führen. Sie gingen am Ufer des Flusses entlang, bis sie zu einem hölzernen Kahn kamen. Zuerst hielt Miranda das Boot für leer, aber dann sah sie, wie sich eine vermummte Gestalt von einem Sitz erhob und ihnen entgegensah. Die Kapuze war tief ins Gesicht gezogen. Aus dem Dunkel leuchteten zwei rote Augen.

»Kannst du uns ans andere Ufer bringen?«, fragte Mafaldus die Gestalt.

»Und was bekomme ich von Euch?«, knurrte der Vermummte. »Keine Dienstleistung ohne Bezahlung!«

»Weißt du nicht, wer ich bin?« Mafaldus Horus hielt die Fackel höher, sodass der Lichtschein sein Gesicht beleuchtete. »Dein oberster Herr, der Meister der Dunkelheit, wartet auf mich!«

Der Vermummte verneigte sich tief. »Ich bitte Euch um Verzeihung«, flüsterte er. »Ich habe Euch nicht gleich erkannt. Ihr seid der große Magier Mafaldus Horus. Natürlich bringe ich Euch und Eure Begleitung ans andere Ufer.« Er verbeugte sich noch tiefer. »Ich bin Karoon, Euer ergebener Diener!«

»Genug der Worte! Setz uns über!«, verlangte Mafaldus knapp.

»Sehr wohl, Herr!« Karoon kletterte aus dem Boot, um Mafaldus und Miranda beim Einsteigen zu helfen.

Miranda zuckte zurück, als sie merkte, dass Karoon seine weiße Knochenhand nach ihr ausstreckte.

»Was ist das für ein Fluss?«, fragte sie noch einmal. In ihrer Stimme lag Panik.

»Er trennt die Lebenden von den Toten«, antwortete Karoon. »Komm schon!« Er schob sie zum Kahn. Miranda blieb nichts anderes übrig, als sich neben Mafaldus zu setzen. Karoon stieg ein und ergriff das Ruder. Das Boot schwankte, als er es vom Ufer abstieß.

Das schwarze Wasser schimmerte noch unheimlicher als zuvor. Miranda zitterte vor Furcht und Kälte und klemmte die Hände zwischen ihre Knie.

*Er trennt die Lebenden von den Toten …* Was hatte das zu bedeuten? Ihre panische Angst nahm noch zu und ließ sie fast ohnmächtig werden. Was hatte Mafaldus nur mit ihr vor?

Miranda spürte, dass der Magier sie keine Sekunde lang aus den Augen ließ. Sie überlegte, wie sie fliehen konnte. Die einzige Möglichkeit wäre, mutig über Bord zu springen …

»Das würde ich an deiner Stelle nicht tun«, sagte Mafaldus mit einem leisen Lachen, und Miranda wusste, dass er ihre Gedanken gelesen hatte. »Sieh dir das Wasser genau an!«

Miranda beugte sich über den Bootsrand. Sie nahm jetzt einige Schatten im Wasser wahr. Als sie genauer hinsah, erkannte sie, dass sich unter der Oberfläche Krokodile befanden, die dem Boot folgten. Der Fluss wimmelte davon!

»Wohin bringt Ihr mich?«, wisperte Miranda erneut, während ihr die Angst die Kehle zuschnürte.

»Ans andere Ufer«, antwortete Mafaldus. »Keine Sorge, ich bleibe bei dir und begleite dich. Ich werde dich dem Meister der Dunkelheit vorstellen, bevor ich gehe.«

Miranda biss sich auf die Lippe. »Und … und wer ist der Meister der Dunkelheit? Was heißt, *bevor Ihr geht?* Lasst mich nicht alleine zurück!« Ihre Hände waren eiskalt.

Neben dem Boot tauchte der Kopf eines Krokodils auf. Es öffnete drohend seinen Rachen, griff den Kahn aber nicht an.

»Der Meister der Dunkelheit ist derjenige, dem dieses unterirdische Reich gehört«, antwortete Mafaldus. »Er allein entscheidet, wer bleibt und wer geht. Ich werde gehen und du wirst bleiben. Keine Sorge, es wird dir hier bestimmt gut gehen. Ich weiß, du bist sehr wissbegierig – und du wirst hier viel lernen können.«

Der Kloß in Mirandas Kehle wurde immer größer. *Ich werde gehen und du wirst bleiben …* Da dämmerte es ihr. Mafaldus Horus' Plan war, sie, Miranda, im Totenreich zurückzulassen, als Pfand für seine eigene Freiheit. Wahrscheinlich war damit auch sein Gefängnis im Dornenbaum geöffnet, und er war frei, so frei, wie sie nie mehr sein würde!

»Richtig!« Mafaldus Horus lachte wieder. »Du bist eine schlaue Hexe! Ich mache mit dem Meister der Dunkelheit einen Deal: Ich bringe ihm eine schöne junge Seele – und dafür lässt er mich gehen!«

»Aber …«, protestierte Miranda, doch Mafaldus fuhr sie an: »Schweig! Du bist mir ein willkommenes Geschenk, um meine ersehnte Freiheit zurückzuerlangen. Es war alles anders geplant, denn hättet ihr nicht die Versammlung der

*Schwarzen Zauberkutten* gestört, wäre ich längst frei und der Besuch beim Meister der Dunkelheit wäre uns beiden erspart geblieben. So musste ich zu einer anderen Lösung greifen. Ich bin sicher, der Meister der Dunkelheit wird sich sehr freuen, wenn ich dich zu ihm bringe.«

»Aber ich will nicht sterben!«, stieß Miranda aus. »Ich liebe das Leben! Bringt mich zurück!« Weinend schlug sie die Hände vors Gesicht. Ihre Schultern zuckten.

»Der Austausch ist beschlossene Sache«, sagte Mafaldus hart.

Ein Ruck ging durch das Boot. Sie hatten das andere Ufer erreicht. Karoon sprang an Land und reichte Miranda wieder seine Knochenhand. Miranda griff zu und der Fährmann zog sie aus dem Boot. Sie spürte, wie ein Krokodil nach ihren Knöcheln schnappte, aber Karoon reagierte sofort und hieb mit dem Ruder nach dem Tier. Das Krokodil tauchte unter.

Miranda atmete auf, als sie wieder auf festem Boden stand. Doch da hörte sie hinter sich ein dumpfes Knurren. Als sie sich umdrehte, tauchte aus der Dunkelheit ein dreiköpfiger Hund auf. Was für eine Bestie! Ein Kopf war scheußlicher als der andere. Die Augen leuchteten wie glühende Kohlen. Miranda erschrak und blickte voller Entsetzen auf das Untier.

»Ruhig, Zerberus!«, rief Mafaldus und machte eine Handbewegung. Drei Kuchenstücke tauchten in der Luft auf und landeten vor dem Hund auf dem Boden. Sofort stürzten sich die drei Köpfe auf die Leckerbissen.

»Komm!« Mafaldus packte die noch immer erstarrte Miranda am Arm und zog sie an dem Ungeheuer vorbei.

Der Hund hatte im Nu den Kuchen vertilgt. Eine Kette

klirrte, doch Zerberus konnte ihnen nicht folgen. Er bellte wütend hinter ihnen her. Das dreifache Gebell hallte unheimlich in dem Gewölbe wider. Als Miranda sich umwandte, sah sie, wie einer von Zerberus' Köpfen nach Karoon schnappte, doch der Vermummte reagierte blitzschnell und klemmte dem Angreifer das Ruder ins Maul.

»Dummes Biest, du müsstest mich doch längst kennen!«, hörte Miranda Karoon schimpfen.

Miranda zog schaudernd die Schultern hoch.

Sie und Mafaldus bewegten sich jetzt auf einem schmalen Pfad. Bizarres Wurzelwerk, weiß wie ausgebleichte Knochen, hing von der Decke herunter und streifte ab und zu ihre Köpfe. Neben ihnen strömte der dunkle Fluss. Misstrauisch sah Miranda aufs Wasser, aber kein einziges Krokodil kam an Land. Vielleicht war es ihnen nicht erlaubt, den Fluss zu verlassen.

»Sind wir im Totenreich und ich nicht mehr unter den Lebenden?«, flüsterte Miranda. Eiskalte Furcht hatte ihr Herz gepackt.

»Wir sind in der Unterwelt«, sagte Mafaldus, ohne ihr eine Antwort auf den zweiten Teil ihrer Frage zu geben.

# Ein gestörtes Zauberritual kann schlimme Folgen haben

Die drei Mädchen waren bereit für die Reise in die Hexenwelt. Jana war ein bisschen blass um die Nase, aber das war sie ja meistens, wenn sie sich aufregte oder Lampenfieber hatte. Nele versuchte Zuversicht und Optimismus auszustrahlen. Elena war ihr dankbar dafür. Sie hatte keine Ahnung, was sie bei ihrem Abenteuer erwartete. Hoffentlich konnte sie Kontakt mit ihrem Vater aufnehmen!

Nele, Jana und Elena drängten sich dicht aneinander, während Elena die Fahrkarte vorsichtig auseinanderzog und den Papierring über ihre Köpfe streifte. Weil sie den Ring möglichst groß gemacht hatte, war der Papierstreifen extrem dünn geraten.

Elena mochte sich gar nicht vorstellen, was passieren würde, wenn die Karte zerriss. Sie holte tief Luft.

»Seid ihr so weit?«, fragte sie.

Jana suchte Elenas Hand und klammerte sich mit der anderen an Nele. »Ja«, antwortete sie leise. Elena las die Angst in ihren Augen.

»Ja«, sagte auch Nele. Sie grinste aufmunternd.

»Okay«, murmelte Elena. Sie zog den Papierring weiter herunter, streifte ihn sachte über ihre eigenen Schultern, dann über Janas und zuletzt über Neles.

Da passierte es. Der Streifen blieb an Neles rechter Schulter hängen und riss mit einem Ruck in der Mitte durch. Elena schrie auf. Es gelang ihr gerade noch, Neles Hand zu er-

## Gefahren beim Wechseln der Welten

Wenn man von der Hexenwelt in die Menschenwelt wechselt oder umgekehrt, muss man die Reise normalerweise beim Landeszauberamt beantragen. Nur die offiziellen Wege sind sicher.
Benutzt man illegale Fahrkarten oder zaubert sich auf eigene Faust in die andere Welt, kann es unangenehme Folgen haben, vor allem, wenn das Zauberritual nicht korrekt durchgeführt wird.

Am harmlosesten sind noch unerwünschte Begleiterscheinungen während der Reise wie Wind, Sturm oder Regen. Unter Umständen kommt man recht zerzaust oder nass am Reiseziel an, was beispielsweise bei Vorstellungsgesprächen oder Antrittsbesuchen peinlich werden kann. Wesentlich lästiger sind unerwartete Reisebekanntschaften. Es sind Besucher aus Zwischenwelten, die durch Ritzen oder Löcher im Reisetunnel eindringen. Man kennt sie gemeinhin als Geister. Sie können einen während der Fahrt durch pausenloses Gequassel quälen. Dreistere Reisebegleiter werden handgreiflich, kitzeln, schlagen, beißen oder kratzen. Gelegentlich kommen sogar mörderische Attacken vor.

Ab und zu passiert es auch, dass Körperteile verloren gehen oder sich verändern. Möglicherweise muss man sich nach der Ankunft mit einer haarigen Affenhand oder einem Klumpfuß herumplagen. Häufig verändert sich auch die Haarfarbe, meistens zu einem penetranten Pink, das noch dazu im Dunkeln leuchtet.
Angesichts dieser Gefahren sollte eine Hexe wirklich darüber nachdenken, ob sie nicht besser nur auf legalem Weg die Welten wechselt!

greifen, bevor der Boden unter ihren Füßen verschwand und sie alle drei in ein dunkles Loch sausten, das seitlich einen hellen Schlitz hatte.

»Festhalten!«, brüllte Elena voller Angst und spürte, wie sich Jana an ihre Hand krallte. Auch Nele packte fest zu.

Sie rasten durch einen senkrechten Tunnel. Ein starker Sturmwind wehte durch die Öffnung herein und hätte die Mädchen voneinander getrennt, wenn sie die Hände losgelassen hätten. Wahrscheinlich würden sie dann an völlig unterschiedlichen Stellen in der Hexenwelt landen. Das durfte nicht passieren!

Der Wind zerrte an Elenas Haaren und zwang sie, die Augen zu schließen.

»Mir ist schlecht!«, jammerte Jana neben ihr.

Nele dagegen quietschte wie in einer Achterbahn. »Wow, ist das super!«

Das Festhalten erforderte Elenas ganze Kraft. Sie fühlte sich für ihre Freundinnen verantwortlich. Vielleicht war es doch ein großer Fehler gewesen, sie in die Hexenwelt mitzunehmen …

Der Sturmwind heulte lauter und lauter. Elena blinzelte und sah in dem kurzen Moment, dass die Öffnung im Tunnel breiter geworden war. Grelles Licht blitzte von dort herein, sie sah Farben und erkannte Landschaften, die sich rasend schnell veränderten. Waren es Gegenden aus der Hexenwelt? Oder gab es vielleicht noch andere Parallelwelten, von denen weder die Hexen noch die Menschen etwas wussten?

Plötzlich endete die rasante Fahrt. Die Mädchen landeten unsanft auf einer Wiese. Der Boden war vom Regen durchnässt, sodass ihr Aufprall zum Glück gedämpft wurde, sonst hätten sie sich die Knochen gebrochen. Trotzdem verloren alle drei das Gleichgewicht. Elena fiel um und kullerte einen Hang hinunter. Sie spürte, wie die Nässe durch ihre Kleider drang. Endlich kam sie zum Stillstand. Zuerst blieb sie einen Moment wie betäubt liegen. Dann rappelte sie sich langsam hoch. Die Knie und Ellbogen taten weh, doch ernstlich verletzt war sie nicht. Aber ihre Kleidung war voller Schmutz- und Grasflecken! Sie sah furchtbar aus.

»Mist!«, schimpfte Elena. Dann schaute sie sich nach ihren Freundinnen um.

Jana war etwas weiter oben am Hang gelandet, saß aufrecht im Gras und sah sich mit erstauntem Blick um. Nele stand schon auf den Füßen. Auch sie war über und über schmutzig, trotzdem strahlte sie übers ganze Gesicht.

»Wahnsinn! Es hat geklappt! Wir sind da!«

Elena humpelte langsam hügelaufwärts zu ihren Freundinnen. Es nieselte und die Wolken hingen tief. Allmählich hatte sie einen Verdacht. Elena drehte sich um die eigene Achse und betrachtete die knorrige Weide, die eine eigentümliche Form hatte. Dann war sie sich sicher: Sie waren auf dem *Outsider-Hill* gelandet, ihrem früheren Zuhause!

»Bist du okay, Elena?«, rief Nele.

»Ja«, antwortete sie und kletterte weiter hoch. »Und ihr?«

»Ich weiß nicht«, antwortete Jana und stand mühsam auf. Sie betrachtete ihre dreckverklebten Hände, dann ihre schmutzigen Hosen. »Wie sehe ich denn aus!«

»Genauso wie wir!«, erwiderte Nele fröhlich. »Keine Sorge, Jana! Elena hext uns bestimmt gleich sauber!«

Keuchend kam Elena neben Nele zum Stehen. »Weißt du, wo wir sind?«

»Keine Ahnung«, sagte Nele.

»Auf diesem Hügel haben wir gewohnt, bevor wir ins HEXIL gegangen sind«, sagte Elena. »Das ist ein Ort für Außenseiter, Verachtete und Bestrafte. Ich kann euch unser Haus zeigen, wenn es euch interessiert.«

»So schlecht ist es doch hier gar nicht«, meinte Jana und machte eine Handbewegung. »So viel Natur, alles ist schön grün …«

»Dich würde es auch nerven, wenn es immer achtzehn Stunden am Tag regnet«, entgegnete Elena. »Die Häuser sind auf der anderen Seite des Hügels. Ich sage euch, da wohnen wirklich merkwürdige Gestalten!«

»Kannst du … jetzt erst mal … hexen?« Jana deutete auf ihren schmutzigen Anorak. »Bitte!«

Elena lächelte. Sie kreuzte die Finger und murmelte einen Zauberspruch. Im Nu waren die drei Mädchen sauber. Ihre Klamotten sahen aus wie frisch gewaschen und gebügelt.

»Danke«, sagte Jana erleichtert.

»Gegen den Regen kann ich aber leider nichts unternehmen«, sagte Elena. »Das ist ein magischer Regen, der zum *Outsider-Hill* dazugehört, und Magie kann man nur sehr schlecht mit Magie bekämpfen.«

Im gleichen Augenblick flog ein großer schwarzer Rabe dicht über die drei Mädchen hinweg. Elena schlug erschrocken ihre Hand vor den Mund.

»Wir müssen aufpassen, was wir sagen!«, raunte sie ihren Freundinnen zu. »Das könnte einer der Bewohner gewesen sein … oder vielleicht sogar ein Spion …«

Jana schluckte. »Und wenn sie uns schnappen und herausfinden, dass wir Menschen sind?«, fragte sie bang. »Was passiert dann?«

»Wir werden nicht geschnappt«, behauptete Nele. Sie wandte sich an Elena. »Ich würde sooo gerne sehen, wo ihr früher gewohnt habt. Ist das nicht hier in der Nähe? Ich bin so neugierig!«

Elena lächelte. »Wenn wir weiter auf den Hügel raufklettern, kommen wir auf eine Straße. Das war mein täglicher Schulweg.«

»Wir wollen aber doch eigentlich Miranda suchen und haben nicht wirklich Zeit für solche Besuche, oder?«, meinte Jana.

»Wir müssen sowieso hoch, dort oben habe ich nämlich garantiert eine gute Verbindung«, sagte Elena. »Das war schon so, als ich noch eine normale Kommunikationskugel benutzt habe und keinen *Transglobkom*. Auf dem *Outsider-Hill* ist nicht überall guter Empfang, weil es so viele magische Störungen gibt.«

»Hoffentlich erreichst du deinen Vater«, entgegnete Jana.

»Das hoffe ich auch«, antwortete Elena.

Sie gingen durch das nasse Gras. Elena spürte, wie ihre Schuhe in der matschigen Wiese einsanken. Schon nach kurzer Zeit waren sie wieder voller Lehm. Jana und Nele erging es genauso. Endlich erreichten sie eine schmale Straße. Während Jana und Nele den Schmutz von ihren Schuhen abstreiften, blieb Elena stehen und blickte ins Tal hinab. Es roch nach feuchter Erde, Walnüssen und Minze. Erinnerungen stiegen in ihr auf. In der Ferne waren einige Gebäude sichtbar. Sie erkannte den spitzen Turm ihrer Schule und fühlte sich unbehaglich. Was für eine Verachtung hatte ihre Familie zuletzt spüren müssen … Und wie hatten die Mitschüler Elena gemobbt!

Elena war noch ganz in Gedanken versunken, als eine Hexe auf einem Besen über sie hinwegzischte. Sie flog ziemlich niedrig und der Besen schlenkerte dabei hin und her.

Jana und Nele zogen ängstlich die Köpfe ein. Nele schaute der Hexe bewundernd hinterher.

»Mann! Jetzt habe ich es endlich mit eigenen Augen gesehen, dass Hexen tatsächlich auf einem Besen fliegen.«

»Sehr bequem scheint es nicht gerade zu sein«, sagte Jana.

»Ist es auch nicht«, bestätigte Elena. »Dieser Besen sieht so aus, als würde er es nicht mehr lange machen. Wenn er zwischendrin bockt, kann man sich ganz schön wehtun.« Sie erzählte von ihrem eigenen alten Besen, der zuletzt nur noch ganz langsam geflogen war. Dann zog sie ihren *Transglobkom* unter ihrer Jacke hervor, klappte ihn auf und versuchte ihren Vater zu erreichen. Die durchsichtige Kugel erschien, schwebte in Elenas Augenhöhe, und im Innern tauchte verschwommen ein Gesicht auf. Elena fiel ein Stein vom Herzen, als sie ihren Vater erkannte.

»Hallo Papa! Ich bin's, Elena!«

Das Gesicht wurde etwas deutlicher. »Elena – du?« Leon Bredovs Stimme klang verwundert. »Entschuldige, dass du mich nicht sofort deutlich sehen konntest, ich war gerade getarnt. Was gibt's?«

»Papa, ich brauche deine Hilfe. Ich mache mir solche Sorgen um Miranda. Sie ist verschwunden«, berichtete Elena aufgeregt. »Mafaldus Horus hat sie mit einem Fluch belegt, es ging ihr in den letzten Tagen ziemlich mies. Und jetzt ist sie von zwei Kuttenmännern entführt worden!«

»Was für ein Fluch?«

»Bei der Versammlung der *Zauberkutten* hat Mafaldus einen Fluch auf Miranda abgefeuert, erinnerst du dich nicht daran?«

»Aber ich dachte, Eusebius hat Miranda geschützt?«

»Das dachte ich auch«, antwortete Elena. »Doch Miranda muss zumindest einen Teil des Fluchs abbekommen haben. Sie hat sich in der letzten Zeit nicht wohlgefühlt, war dauernd müde und ihre Zaubereien gingen ständig schief. Und heute ist sie von zwei Kuttenmännern entführt worden! Was hat das zu bedeuten, Papa? Was hat Mafaldus mit Miranda vor?«

»Das klingt gar nicht gut«, meinte Leon nach einer kurzen Pause. Seine Stimme hörte sich mehr als besorgt an. »Aber dieses heikle Thema besprechen wir lieber nicht per *Transglobkom.* Möglicherweise gibt es Mithörer. Ich werde versuchen, ob ich mich von hier loseisen kann. Spätestens heute Abend komme ich zu euch, in Ordnung?«

»Warte, Papa!«, rief Elena, denn das Bild in der Kugel drohte schon zu verblassen. »Ich bin nicht mehr im HEXIL, sondern hier, auf dem *Outsider-Hill* ...«

»Auf dem WAS?«

»Äh ... auf dem Hügel, wo wir gewohnt haben«, verbesserte sich Elena schnell. *Outsider-Hill* war kein offizieller Ausdruck. Miranda hatte die Bezeichnung erfunden, um diese trostlose Wohngegend zu charakterisieren. Elena fand das Wort ziemlich treffend.

»Du bist also hier in der Hexenwelt?«, erkundigte sich Leon. »Wer ist bei dir? Jolanda oder Mona?«

»Nein ...«

»Bist du etwa allein gekommen?«

»Nein ... äh ... mit zwei Freundinnen.« Elena spürte, dass sie rot wurde.

»Doch nicht etwa ... MENSCHEN?«

Elena zögerte. »Ja«, sagte sie mit schwacher Stimme. »Ich habe Nele und Jana mitgenommen, meine besten Freundinnen in der Menschenwelt. Ich kann ihnen wirklich vertrauen, Papa. Und die beiden machen sich um Miranda genauso viele Sorgen wie ich.«

»Elena, was denkst du dir eigentlich dabei? Das kann üble Folgen haben, das weißt du doch, oder?«, fragte Leon Bredov vorwurfsvoll. Doch dann gab er sich selbst die Antwort. »Typisch! Du bist eben meine Tochter. Du hast einen Dickkopf und setzt dich über alle Regeln hinweg.«

Elena lächelte schwach.

»Das entschuldigt jedoch gar nichts«, fuhr Leon fort. »Aber darüber reden wir später. – Du bist jetzt auf dem Hügel? Gut, dann treffen wir uns am besten in unserem früheren Haus. Es ist noch immer unbewohnt. Wartet dort, bis ich komme – und verhaltet euch bitte unauffällig!«

Das Bild verschwand und die Kugel platzte. Elena klappte den *Transglobkom* zu.

»Mein Vater kommt«, teilte sie ihren Freundinnen mit. »Wir sollen in unserem früheren Haus auf ihn warten.«

»Das ist ja super!«, freute sich Nele. »Dann sehen wir ja doch noch, wie ihr früher gewohnt habt.«

»Du wirst enttäuscht sein«, meinte Elena. »Das war alles nichts Besonderes. Vergiss nicht – wir waren verbannt aus der Hexengemeinschaft, weil alle gedacht haben, dass sich mein Vater mit schwarzer Magie beschäftigt hat.«

»Du Ärmste!« Jana legte den Arm um Elena. »Das muss furchtbar für euch gewesen sein.«

»Das war es auch«, bestätigte Elena und spürte einen Kloß im Hals, wenn sie an die Zeit vor dem HEXIL dachte und daran, wie nur noch Miranda zu ihr gehalten hatte. Miranda ... Elena machte sich solche Sorgen um ihre beste Freundin. Aber heute Abend würde ihr Vater kommen, und der wusste bestimmt, was zu tun war.

Sie liefen die schmale Straße entlang. Als sie die Hügelkuppe erreicht hatten, tauchten unter ihnen die ersten Häuser auf. Alles schien unverändert: die großen Gärten mit den morschen Zäunen und den Gebäuden, die zum Teil in einem sehr seltsamen Stil erbaut waren. Manche Häuser wirkten, als hätte man Stücke willkürlich aneinandergeklebt. Etliche Balkone waren baufällig und hingen windschief an den Wänden.

»Gruselig!«, meinte Jana und zog die Schultern hoch.

Als sie weitergingen, zeigte sie ihnen unauffällig eine Fensteröffnung, in der ein zerzauster Uhu saß. Ein Auge war geschlossen, aber mit dem anderen beobachtete er scharf die Umgebung.

»Das ist ein Zauberer, der sitzt Tag für Tag in seinem Fenster und späht seine Nachbarn aus«, flüsterte Elena. »Guck nicht direkt hin, Nele! Wir sind gleich da, das nächste Haus ist es. Am besten gehen wir hintenrum, sonst sieht der Uhu alles. Ich kenne einen Schleichweg.«

Nele und Jana warfen einen Blick auf das Haus, in dem die Bredovs früher gewohnt hatten. Jana stieß unwillkürlich die Luft aus.

»Mann«, wisperte Nele, »was für eine Bruchbude! Da wohnt ihr jetzt wirklich schöner.«

Elena nickte. Sie gingen weiter die Straße entlang, als seien sie normale Spaziergänger. Beim übernächsten Haus sprang Jana mit einem Schrei zur Seite.

»Da! Schlangen!« Sie deutete entsetzt mit dem Finger auf einen knorrigen Fliederstrauch. In den Ästen hingen zwei Riesenschlangen, die ineinander verknotet waren. Eine Stimme säuselte:

»Na, ihr Hübschen, wollt ihr nicht für ein Weilchen zu uns reinkommen?«

»Keine Zeit!«, sagte Elena, ohne den Schlangen große Beachtung zu schenken. Sie packte Jana am Arm und zog sie weiter. Nele hingegen blieb vor dem Zaun stehen und starrte die Schlangen fasziniert an.

»Du bist vielleicht eine Süße«, sagte die Schlange mit schmeichelnder Stimme. »Hast du Lust, mich um deinen Hals zu legen? Ich glaube, wir beide würden sehr gut zusammenpassen!«

Nele stutzte und rannte dann Elena und Jana hinterher.

»Wer sind die denn?«, fragte sie verstört, als sie die beiden eingeholt hatte.

»Unsere früheren Nachbarn, ein Ehepaar«, antwortete Elena. »Sie lieben es, sich in Schlangen zu verwandeln, und quatschen dann jeden dumm an, der an ihrem Zaun vorbeigeht.«

Nele schüttelte sich vor Abscheu. Jana fasste Elenas Hand fester.

Sie gingen noch ein Stück weiter die Straße entlang, dann bog Elena in einen schmalen Pfad ein, der zwischen den Häusern hindurchführte. Sie erreichten eine große Wiese. Das Gras stand hüfthoch und triefte vor Nässe.

»Es hilft nichts, wir müssen hier durch«, meinte Elena. »Ich geh voraus.« Sie bahnte sich mühsam einen Weg. Nele und Jana folgten ihr. Jetzt konnten sie die Rückseiten der Häuser sehen, die von hinten genauso abenteuerlich wirkten wie von der Straße aus. Wilde Hecken wuchsen über die Zäune, und alte Obstbäume streckten ihre Äste aus. Nach einer Weile blieb Elena stehen und deutete auf eine verfallene Gartentür.

»Das ist unser Hintereingang!«

Als sie die Tür öffnen wollte, merkte sie, dass sie gar nicht mehr in den Angeln hing, sondern nur angelehnt war. Elena schob sie zur Seite, dabei zerbrachen gleich zwei Latten. Der

Gartenweg war zugewuchert. Überall wuchsen riesige Blätter Löwenzahn. Elena seufzte. Sie erinnerte sich noch sehr gut daran, wie sie die großen Löwenzahnblätter immer für ihren Vater gepflückt hatte, als dieser ein Leguan gewesen war.

Auf der Terrasse stand noch ein dreibeiniger Holzstuhl. Die Fenster waren kahl und ohne Gardinen. Als Elena gegen die Terrassentür drückte, leistete sie kurz Widerstand, ließ sich aber dann öffnen.

»Das ist das Wohnzimmer«, sagte Elena mit belegter Stimme und trat über die Schwelle. Nele und Jana kamen hinterher.

Auf dem Boden lag ein schäbiger roter Teppich, den inzwischen die Mäuse angefressen hatten. Aus der Couch ragten zwei rostige Sprungfedern. Der Wohnzimmerschrank war voller Staub. Es standen noch ein paar Bücher darin, aber die waren genauso angefressen wie der Teppich.

Nele drehte sich um die eigene Achse. »Äh … hm … ja …«, murmelte sie, »irgendwie habe ich mir euer Zuhause in der Hexenwelt anders vorstellt.«

»Es ist schrecklich!«, stellte Jana fest. »Wie habt ihr es hier nur ausgehalten?«

Elena zuckte die Achseln. Sie hatten es eben aushalten müssen, etwas anderes war ihnen gar nicht übrig geblieben. Sie deutete auf einen wackeligen Tisch, der vor dem Fenster stand. »Hier hat früher Papas Terrarium gestanden.«

»Jetzt verstehe ich, dass ihr ins HEXIL gegangen seid«, meinte Jana. »Das hätte ich an eurer Stelle auch getan!«

Nele öffnete die Wohnzimmertür und blickte neugierig in den Flur. Elena zeigte ihr die Küche und das fensterlose Badezimmer mit den schwarzgrauen Kacheln.

»Kann ich mir die Hände waschen oder werde ich da gleich verhext?«, fragte Jana.

»Das ist ein ganz normales Waschbecken«, sagte Elena. Sie drehte am Hahn. Es gurgelte in der Leitung und nach wenigen Sekunden kam Wasser heraus. »Funktioniert sogar noch. Verhext wird hier niemand.«

»Und das Klo?«, wollte Jana wissen. »Kann man es benutzen? Ich glaube, ich muss mal.«

»Schon wieder?«, fragte Nele mit hochgezogenen Augenbrauen.

»Wenn ich nervös bin, muss ich immer«, erklärte Jana.

Elena besah sich den Wasserkasten. Er war noch immer undicht, aber die Spülung funktionierte. »Müsste gehen«, meinte sie.

»Okay«, sagte Jana. »Könnt ihr mich mal einen Moment allein lassen?«

»Na klar.« Elena schob Nele aus dem Bad und zog von außen die Tür zu. Während sie auf Jana warteten, zeichnete Nele mit dem Schuh das Muster der Bodenfliesen nach.

Plötzlich ertönte aus dem Bad ein Schrei. Gleich darauf riss Jana die Tür auf. Sie war bleich wie der Tod. Ihr Sweatshirt hing unordentlich aus der Hose.

»Ich bin verhext worden!«

»Was?«, riefen Nele und Elena wie aus einem Mund.

Statt einer Antwort hob Jana ihr Sweatshirt ein Stück in die Höhe. Elena und Nele sahen ihren nackten Bauch. Nele schlug sich erschrocken auf den Mund.

Jana hatte keinen Nabel mehr. Ihr Bauch war vollkommen glatt.

# Zauberei zur falschen Zeit am falschen Ort kann böse enden

Das muss erst jetzt passiert sein«, behauptete Jana. »Kurz vor der Reise hatte ich noch meinen Nabel, das weiß ich ganz genau. Euer Klo ist doch verhext!« Sie blickte Elena geschockt an.

Ihre Hexenfreundin schüttelte den Kopf. Sie war erschüttert. »Das kann nicht sein. Unser Klo ist ein ganz normales Klo.« Ihr kam ein anderer Verdacht. Die zerrissene Fahrkarte … »Vielleicht ist auf der Reise etwas schiefgegangen.«

Jetzt öffnete Nele hektisch ihren Anorak und schob den Pulli hoch. Sie wurde aschfahl. Auch ihr Nabel war verschwunden!

»Am Klo liegt es also tatsächlich nicht«, sagte sie tonlos.

Jana fing an zu heulen. »Und was jetzt, Elena? Wie kriegen wir unseren Bauchnabel wieder? So kann es doch nicht bleiben! Ich kann nie wieder einen Bikini tragen! Ich kann nie wieder ins Schwimmbad …«

Auch Nele schaute gequält drein. Sie tippte mit dem Finger auf die Stelle, wo ihr Nabel hätte sein müssen. »Ich will meinen Bauchnabel wiederhaben«, sagte sie mit kläglicher Stimme.

Elena schaute bei sich nach, aber ihr eigener Nabel war noch da. Offenbar hatte die Reise nur bei den Menschenmädchen eine Veränderung ausgelöst. Ratlos zog sie ihren Pullover wieder straff.

»Ob man das vielleicht mit einer Schönheitsoperation richten kann?«, überlegte Nele und kniff ein Stück Haut zusammen.

»Ich leg mich doch nicht unters Messer!« Jana tippte sich an die Stirn. »Und überhaupt – wie soll ich das meiner Mutter erklären? Ein Nabel kann nicht einfach VERSCHWINDEN!«

Elena versuchte ihre Freundinnen zu beruhigen. »Keine Panik«, sagte sie. »Vielleicht kriege ich das ja wieder hin.«

Es konnte doch nicht so schwer sein, den verschwundenen Nabel herbeizuhexen. Elena dachte nach, welcher Zauber sich dafür am besten eignete. Aber damit begannen schon die Schwierigkeiten. Sollte sie einen Zauberspruch aus der Rubrik »Verlorene Sachen« verwenden? Oder eher einen Heilzauber? Oder hatte Elena es in diesem Fall mit Magie und Gegenmagie zu tun?

Sie forschte in ihrem Gedächtnis und entschied sich dann, es mit Magie und Gegenmagie zu versuchen. Das war *höhere Zauberei,* und damit war sie noch nicht besonders gut vertraut. Aber sie musste es wenigstens versuchen.

Elena streckte den Arm aus, während Janas verzweifelter Blick auf ihr ruhte, und murmelte einen komplizierten Spruch, der die magische Veränderung zurücknehmen sollte. Es gab einen Knall, der sich anhörte wie ein Pistolenschuss, und aus Elenas Zeigefinger stieg eine gekräuselte Rauchfahne.

Jana schrie auf und hielt sich mit beiden Händen den Bauch.

»Beim Orkus«, entfuhr es Elena. »Was ist passiert?«

Jana nahm vorsichtig die Hände von ihrem Bauch. Nele umklammerte gespannt Elenas Arm. Diese biss sich auf die

Lippe. Wenn sie Jana nun versehentlich schwer verletzt hatte? Das würde sie sich nie verzeihen können!

Doch es floss zum Glück kein Blut. Aber auf Janas Bauch saß statt eines Nabels ein schwarzer Knopf aus Plastik mit vier Löchern.

Zwei Sekunden lang war es totenstill. Dann fing Nele laut an zu lachen.

»Oh Gott!« Jana stampfte mit dem Fuß auf. Aus ihren Augen kullerten jetzt die Tränen. »Das ist ja noch schlimmer als vorher!«

Es war Elena so peinlich. »Ich mach es wieder rückgängig«, sagte sie, streckte den Arm erneut aus und sprach einen Gegenzauber. Beim dritten Versuch klappte es endlich, und Janas Bauch war so glatt wie zuvor.

Jana streifte ihr Sweatshirt wieder herunter, marschierte wortlos ins Wohnzimmer und setzte sich dort vorsichtig auf die löchrige Couch. Ihre Körperhaltung verriet, dass sie total schockiert war und mit niemandem reden wollte, am wenigsten mit ihrer Hexenfreundin.

Elena hatte ein furchtbar schlechtes Gewissen. Das war das Letzte, was sie jetzt noch gebrauchen konnte: dass nun vielleicht ihre Freundschaft zerbrach, nur weil sie solche dummen Fehler beim Hexen gemacht hatte!

Sie ging von hinten an Jana heran und legte ihr die Hand auf die Schulter.

»Meine Mutter wird das bestimmt wieder in Ordnung bringen können«, sagte sie. »Bitte beruhige dich, Jana.«

Jana schwieg und schüttelte Elenas Hand ab.

»Ich kann wirklich nichts dafür! Das mit dem Bauchnabel ist sicher beim Übertritt von der Menschenwelt in die Hexenwelt passiert … Das illegale Portal … es ist gerissen …«, rechtfertigte sich Elena.

Jana gab keine Antwort.

Elena war zerknirscht und fühlte sich unglücklich. Hätte sie sich doch beim Zaubern mehr Mühe gegeben! Aber viel besser zaubern konnte sie nicht, denn nach Papas Verurteilung war sie von der *höheren Zauberei* ausgeschlossen gewesen. Erst im HEXIL hatte sie sich damit beschäftigen dürfen. Sie hatte zwar eifrig gelernt, aber gegenüber Miranda war sie noch immer mit ihren Kenntnissen im Rückstand. Sie war einfach noch nicht so weit, ohne Probleme die *höhere Zauberei* anzuwenden. Sonst hätte sie jetzt sicher gewusst, was zu tun war.

»Mensch, Jana!«, sagte Nele, die ihren Pulli wieder heruntergezogen hatte. »Jetzt mach doch kein solches Drama aus der Sache! Ich bin ja auch nicht begeistert darüber, dass mein Bauchnabel weg ist – aber im Moment sieht es ja keiner. Und sobald wir zurückgekehrt sind, bringt Elenas Familie alles in Ordnung, da bin ich mir ganz sicher. Ich versuche, nicht daran zu denken. Außerdem sind wir wegen Miranda hergekommen! Wer weiß, wie schlecht es ihr gerade geht. Dagegen ist ein fehlender Bauchnabel wahrscheinlich gar nichts.«

Elena sah Nele dankbar an.

Jana wandte langsam den Kopf. »Okay«, murmelte sie leise, aber es klang nicht sehr überzeugt.

»Es tut mir wirklich leid«, sagte Elena noch einmal.

»Schon gut«, erwiderte Jana knapp, ohne Elena anzusehen.

Elena hatte jedoch das Gefühl, dass gar nichts gut war.

Sie setzte sich auf das wackelige Tischchen am Fenster und starrte traurig vor sich hin. Hoffentlich kam ihr Vater bald!

# Magie und Gegenmagie

Ein spezielles Kapitel der höheren Zauberei beschäftigt sich damit, wie sich die Folgen unerwünschter Hexereien wieder rückgängig machen lassen.

Beim Verhextsein unterscheidet man zwei Bereiche:

a) Jemand wurde absichtlich von einer anderen Person verhext.

Das geschieht oft. Die Gründe dafür können Wut, Versehen und auch Spaß sein. In der letzten Zeit nimmt die Auftragshexerei zu, das heißt, eine dritte Person verhext das Opfer im Auftrag eines Kunden (der nicht hexen kann oder will). Im Anzeigenteil des Hexenspiegels haben Zauberer ihre Dienste als Auftragshexer angeboten, bis durch einen entsprechenden Erlass des Landeszauberamts solche Anzeigen untersagt worden sind. Seither inserieren Auftragszauberer nur noch in stark verkürzter Form, einer Art Code, wie zum Beispiel:

R.? Z. st. geg. Bez. zu D.
(= Rache? Zauberer steht gegen Bezahlung zu Diensten)

Vh. k. P., 24-Std.-Serv.!
(= Verhexen kein Problem, 24-Stunden-Service!)

b) Jemand verhext sich selbst – versehentlich oder absichtlich.

Sehr oft passiert es, dass jemand einen neuen Zauber ausprobiert und dieser dann zu unerwünschten Nebenwirkungen führt. Man kann sich beispielsweise auf einem Stuhl oder auf dem Klo festhexen. Oder statt des Mantels hängt man selbst an der Garderobe. Es kann vorkommen, dass man sich in ein Bild oder sogar im Tapetenmuster einschließt. Wenn so etwas geschehen ist, muss man warten, bis sich jemand erbarmt und einen aus der misslichen Lage befreit. Man kann daher nicht vorsichtig genug sein, wenn man in der Magie noch nicht besonders erfahren ist!!
Die meisten Arten des Verhexens können rückgängig gemacht werden, doch dazu braucht man einige Erfahrung.

Die Magie für den Rückzauber darf weder schwächer noch stärker als der ursprüngliche Zauber sein. Das erfordert großes magisches Fingerspitzengefühl. Rückzauber ist nichts für Anfänger! Versucht ein unerfahrener Magier beispielsweise, jemanden aus einem Bild zu befreien, kann es passieren, dass beide eingeschlossen werden. Oder es ist möglich, dass der Eingeschlossene zwar befreit wird, aber mit dem Bilderrahmen, der an seinem Kopf festgewachsen ist, herumlaufen muss.

Mafaldus Horus hielt Mirandas Handgelenk umklammert und zog das Mädchen mit sich. Es war ein fester Griff, der jede Flucht unmöglich machte. Aber wie hätte Miranda auch fliehen können? Zwischen ihr und der Welt der Lebenden lag dieser unheimliche Fluss mit seinem dunklen, träge dahinfließenden Wasser. Vielleicht sollte sie *Metamorphose* anwenden und sich in einen Vogel verwandeln ... Aber das traute sie sich nicht zu. Sie wusste nicht, ob ihre Magie an diesem Ort überhaupt funktionierte. Am Ende verwandelte sie sich in eine flügellahme Eule, die dann ins Wasser klatschte und ertrank.

»Wie lange sind wir noch unterwegs?«, fragte Miranda bang.

»Wir sind gleich da«, antwortete Mafaldus ungeduldig. »Der Meister der Dunkelheit erwartet uns schon.«

»Ich kann nicht mehr«, stöhnte Miranda. Sie riss sich los, blieb stehen und rieb sich das schmerzende Handgelenk. »Ich will zurück, ich habe hier nichts verloren.«

»Oh doch, meine Liebe. Der Meister der Dunkelheit ist der Herrscher der Unterwelt und wird sich über deine Anwesenheit sehr freuen. Er begrüßt jeden Neuzugang persönlich und entscheidet über seine Zukunft.«

»Zukunft?«, wiederholte Miranda. »Was denn für eine Zukunft? Wenn ich Euch richtig verstanden habe, dann sind wir hier im Reich der Toten. Wie kann es da noch eine Zukunft geben?« Ihre Stimme schwankte. Sie musste sich sehr zusammennehmen, um nicht loszuheulen. Das war alles so schrecklich. Sie malte sich aus, dass sie eine Ewigkeit hier in diesem finsteren Reich verbringen würde. Nie wieder würde sie das Tageslicht sehen, nie wieder den blauen Himmel, nie wieder blühende Wiesen ... Sie schluckte heftig.

»Der Meister der Dunkelheit bestimmt, ob du hierbleibst oder in den Tartaros kommst. Ich kann dir jetzt schon sagen, dass der Tartaros noch viel schlimmer ist als das, was du gerade siehst. Es ist der schrecklichste Ort, den man sich vorstellen kann – und wer einmal dort gelandet ist, für den gibt es kein Entrinnen mehr. Es ist die Hölle – buchstäblich.« Er grinste Miranda an. »Du hast bestimmt gedacht, dass die Hölle nur erfunden wurde, um kleine Kinder zu erschrecken? Aber es gibt sie wirklich, das versichere ich dir.«

Miranda fühlte, wie riesige Wut in ihr hochstieg. Ihr Überlebensinstinkt erwachte, und die Vorstellung einer wahren Hölle ließ sie zusammenzucken. »Was habe ich getan, dass ich so etwas verdiene?«, fauchte sie verstört. »Ich bin eine gute Hexe. Ich habe mich nie mit schwarzer Magie beschäftigt und bin auch kein Mitglied der *Schwarzen Zauberkutten* wie Ihr.«

»Hör auf zu jammern!«, befahl Mafaldus. »Dein großer Fehler war, dass du im Weg warst, als die *Zauberkutten* mich befreien wollten – deswegen bist du jetzt hier! Und nun weiter!« Er packte Miranda am Arm.

Miranda stolperte vorwärts. Sie konnte nicht fassen, was Mafaldus mit ihr vorhatte. Fieberhaft überlegte sie, ob es nicht doch einen Zauberspruch gab, mit dem sie Mafaldus' Plan vereiteln konnte. Oder wenigstens einen Spruch, mit dem sie ihn ein paar Sekunden lang aufhalten konnte. Sie war jedenfalls nicht gewillt, sich wehrlos in ihr Schicksal zu fügen.

Der Weg wurde breiter. Noch immer folgten sie dem Fluss. Miranda hatte den Eindruck, dass sie von allen Seiten beobachtet wurde, obwohl die Unterwelt noch immer verlassen wirkte. Unsichtbare Augen ruhten auf ihr. Sie fühlte, dass sich Kreaturen im Wurzelwerk und in den Wänden verborgen hielten – stumme Beobachter, die dem Meister der Dunkelheit Bericht erstatten würden …

Manchmal, wenn Miranda schnell genug war, konnte sie ein kurzes Glänzen in der Dunkelheit wahrnehmen, bevor sich das Wesen duckte oder die Lider schloss. Die Erkenntnis, heimlich belauert zu werden, war furchtbar, aber Miranda ließ das Grauen nicht an sich heran. Sie hatte keine Ahnung, wer sich da versteckte und was die Kreaturen beabsichtigten, aber sie wurde immer wütender, sie fühlte sich so ausgeliefert! Schließlich hielt sie es nicht mehr aus.

»Zeigt euch schon, ihr Feiglinge!«, rief sie und riss sich abermals von Mafaldus los.

Mafaldus blieb stehen und blickte sie überrascht an. »Was tust du da?«

Doch da keuchte und schnaufte es schon ringsum. Zweige knackten, Pfoten trippelten über den Boden, es knisterte und raschelte. Und dann kamen die Kreaturen aus ihren Verstecken: riesige Ratten mit feurigen Augen, die auf ihren Hinterpfoten hockten, sich den Schnurrbart zwirbelten und Miranda beäugten; metergroße Spinnen, die nicht nur acht, sondern sogar sechzehn haarige Beine hatten; giftgrüne Vipern, die sich züngelnd um das Wurzelwerk schlängelten, das von der Decke herabhing … Manche ließen sich mit dem Kopfende weit herunter, so als wollten sie Mafaldus und Miranda berühren.

Miranda starrte auf eine Schlange, die nur wenige Zentimeter von ihrer Nasenspitze entfernt war, und blickte in

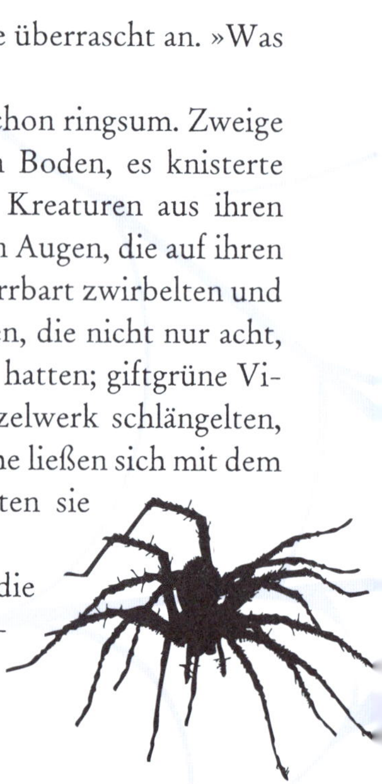

zwei fast menschliche Augen, die ihr verschwörerisch zuzwinkerten.

Miranda war irritiert. Die Schlange zwinkerte wieder.

*Vertrau mir!*

Täuschte sie sich oder hatte Miranda tatsächlich die Stimme der Schlange in ihrem Kopf gehört?

»Das sind die Seelen, die noch nicht wissen, was mit ihnen geschieht«, murmelte Mafaldus, der von der stummen Kommunikation zwischen Miranda und der Schlange nichts mitbekommen hatte. »Deswegen dienen sie dem Meister der Dunkelheit als Beobachter.«

»Ich habe keine Angst vor ihnen«, erklärte Miranda mit fester Stimme, denn sie hatte mit einem Mal das Gefühl, in der Schlange eine Verbündete gefunden zu haben, die ihr vielleicht helfen konnte. Sie griff nach dem Reptil, das ihr so vertrauensvoll zugeblinzelt hatte, ließ es über ihre Arme gleiten und legte sich das Tier um den Hals.

Da geschah etwas Seltsames. Miranda fühlte sich plötzlich stark. Sie spürte die mächtige Schlangenmagie, die nur darauf wartete, sich mit Mirandas Hexenkraft zu verbünden. Das war ihre Chance!

Sie dachte blitzschnell an alles, was sie über *Metamorphose* wusste, konzentrierte sich, riss die Arme hoch und verwandelte sich in eine weiße Taube. Ehe Mafaldus Horus reagieren konnte, stieß sie sich vom Boden ab und flatterte zum Fluss, gewann an Höhe und flog. Sie wusste, dass es um ihr Leben ging und dass es keine zweite Gelegenheit zur Flucht geben würde. Verzweifelt schlug sie mit den Flügeln und spürte, wie die Schwingen sie trugen. Schon hatte sie den halben Fluss überquert, das andere Ufer kam näher und näher … Es waren nur noch wenige Meter bis dorthin. Auf einmal nahm Miranda hinter sich einen Schatten wahr. Ein Falke schoss durch die Luft. Miranda strengte sich noch mehr an, flog schneller und schneller. Sie hatte fast das rettende Ufer erreicht, als die Klauen des Falken sie streiften. Miranda ließ sich fallen. Doch vergebens. Die Klauen griffen wieder zu, sie spürte, wie sie sich in ihre Schultern bohrten. Vor lauter Angst setzte fast ihr Herzschlag aus. Sie flatterte, doch jetzt hatte der Falke sie fest im Griff, und die Taubenflügel waren nutzlos. Sie war seine Beute.

Noch immer befanden sie sich in der Luft. Unter ihnen war das Ufer der Lebenden, aber der Falke machte kehrt und flog über den Fluss zurück. Miranda konnte nichts dagegen tun. Hilflos hing sie in seinen Fängen und war ihm wehrlos ausgeliefert. Sie wusste, dass sie verloren war.

Jetzt hatte der Falke das andere Ufer erreicht und landete mit seiner Beute. Miranda schlug hart auf dem Boden auf und spürte im gleichen Moment, dass sie ihre Tiergestalt ablegte. Einen Augenblick lang verlor sie das Bewusstsein. Als sie Sekunden später zu sich kam, lag sie auf dem Rücken. Mafaldus Horus kniete über ihr und presste ihre Arme auf die Erde. Sie sah den kalten Zorn in seinen Augen, aber sie hielt seinem Blick stand.

Völlig unerwartet ließ er sie los und richtete sich auf.

»Respekt«, sagte er. »Du bist sehr mutig. Aber es wäre klüger, wenn du das nicht noch einmal versuchen würdest. Du siehst ja, dass du gegen mich keine Chance hast.«

Sie blieb reglos liegen, ohne einen Ton zu sagen. Mafaldus klopfte den Staub von seinem Gewand.

»Steh auf«, sagte er dann, reichte ihr die Hand und zog sie auf. Miranda musste die Zähne zusammenbeißen, so sehr schmerzten ihre Schultern, wo der Falke sie festgehalten hatte. Als sie auf den Füßen stand, drehte sich alles um sie herum.

Mafaldus Horus machte eine Handbewegung und scheuchte damit die Ratten, Spinnen und Schlangen in ihre Verstecke zurück.

»Komm«, sagte er zu Miranda.

Miranda atmete tief durch und machte einen unsicheren Schritt. Ihr war noch immer schwindelig.

Mafaldus beugte sich zu ihr. »Du kannst dich an mir festhalten.«

Sie schob ihre Hand in seine Armbeuge und folgte ihm stumm.

# Zauberei heißt den richtigen Augenblick erkennen

Es kam Elena vor, als seien bereits Stunden vergangen. Ihr Vater war noch immer nicht aufgetaucht. Allmählich wurde sie ungeduldig. Sie überlegte, ob sie ihn noch einmal anrufen sollte. Aber vielleicht würde er sich dann darüber ärgern oder sogar böse werden.

Nele hatte inzwischen das ganze Haus besichtigt, während Jana auf der Couch hockte und sich nicht vom Fleck rührte. Elena wusste nicht, was sie tun sollte. Ihr war klar, dass Jana sich noch immer wegen ihres fehlenden Nabels sorgte. Das Verhältnis zwischen den beiden Mädchen war gespannt. Wenn Elena etwas zu Jana sagte, dann antwortete sie nur knapp und unfreundlich.

»Vielleicht kann auch mein Vater deinen Nabel herbeizaubern, dann müssen wir nicht warten, bis wir wieder in der Menschenwelt zurück sind und ich Mona fragen kann«, sagte Elena schließlich und setzte sich neben Jana auf die Couch.

»Glaubst du, ich will deinem Vater meinen nackten Bauch zeigen?«, fauchte Jana gleich.

»Nnnein … äh … ich dachte nur …« Elena gab es auf. Wenn Jana beschlossen hatte, weiterhin sauer zu sein, dann ließ sie sie am besten in Ruhe.

Nele stand am Fenster und schaute in den Regen hinaus. »Es hört tatsächlich nicht auf«, murmelte sie. »Mann, bei so einem Wetter wird man ja depressiv!«

»Das gehört eben zum *Outsider-Hill* dazu«, erwiderte Elena nachdenklich. »Die Zauberrichter haben meinen Vater und uns echt hart bestraft, weil es ja hieß, dass mein Vater ein Mitglied der *Schwarzen Zauberkutten* ist.«

Nele drehte sich um, ging zu Elena und legte ihr den Arm um die Schultern. »Ich hatte wirklich keine Ahnung, WIE schlimm das alles für euch war. Ich habe euch nur beneidet, weil ihr hexen könnt. Ich dachte immer, damit löst man alle Probleme.«

Elena schüttelte den Kopf. »Das stimmt nicht. Manchmal bekommt man durch das Zaubern erst richtig Schwierigkeiten.«

»Beispielsweise einen Plastikknopf statt Nabel«, sagte Jana spitz.

Elena seufzte. »Dafür hab ich mich jetzt schon oft genug entschuldigt«, meinte sie.

»Ja, das hat sie«, ergriff Nele für Elena Partei. »Lass es endlich gut sein, Jana.«

Jana presste die Lippen zusammen.

In diesem Moment erschien draußen im Garten trotz des Regens ein Sonnenstrahl. Ein prächtiger Regenbogen baute sich auf. Er begann am Zaun und endete im Nachbargarten. Die Farben leuchteten so intensiv, wie Elena es noch nie gesehen hatte.

»Das ist kein normaler Regenbogen!«, wisperte Nele.

Ein großer Adler landete auf dem Gartenzaun. Er sah nach links und nach rechts und hüpfte dann ins Gras. Aus dem Vogel wurde ein wirbelnder dunkler Fleck. Kurz darauf stand ein Mann in einer schwarzen Kutte im Garten und blickte sich irritiert um.

»Das muss dein Vater sein«, flüsterte Nele aufgeregt.

»Nein, das ist er nicht«, sagte Elena enttäuscht. Sie brauchte mehrere Sekunden, bis sie den Ankömmling erkannte: Es war Eusebius Tibus, der junge Hexer, der ihr und Miranda bei ihrer ersten Begegnung mit Mafaldus Horus am Dornenbaum beigestanden hatte.

Eusebius kam mit großen Schritten näher, klopfte an die Terrassentür und spähte durch die Scheibe.

»Ist offen«, rief Elena, aber als sie sah, dass Eusebius Schwierigkeiten mit der Tür hatte, sprang sie auf und öffnete sie von innen.

»Hallo Elena«, begrüßte Eusebius sie. »Schön, dich wiederzusehen – auch wenn die Umstände insgesamt nicht gerade erfreulich sind.«

»Du hast schon gehört, was mit Miranda passiert ist?«, fragte Elena atemlos.

»Ja, dein Vater hat mich eingeweiht«, antwortete Eusebius. »Ich soll dir ausrichten, dass es etwas später wird. Ihm ist etwas dazwischengekommen.«

»Mist«, entfuhr es Elena.

»Tut mir leid.« Eusebius' Blick wanderte zu den anderen Mädchen im Raum.

Jana und Nele starrten Eusebius an, als sei er eine Geistererscheinung.

»Das sind meine beiden besten Freundinnen, Jana und Nele«, stellte Elena sie vor. »Und das hier ist Eusebius, ein guter Freund meines Vaters.«

Nele und Jana grüßten scheu.

Eusebius schaute von den Mädchen zu Elena und wieder zurück. »Menschen?«, fragte er.

Elena wurde rot. »Ja. Aber man kann ihnen vertrauen. Sie sorgen sich genauso um Miranda wie ich.«

»Na ja … das macht die Angelegenheit ein bisschen komplizierter.« Eusebius rieb sich das Kinn. Dann wandte er sich an Nele und Jana: »Seid ihr schwindelfrei?«

»Ja, eigentlich schon«, antwortete Nele.

Jana nickte und fragte dann mit leiser Stimme: »Warum?«

»Weil wir eine weite Strecke zurücklegen müssen«, antwortete Eusebius. »Wenn wir Besen nehmen, dauert es zu lange. Außerdem seid ihr das höchstwahrscheinlich nicht gewohnt. Ich werde euch in zwei Schwalben verwandeln, das sind flinke und ausdauernde Vögel. Wenn wir uns beeilen, können wir in zwei Stunden am Dornenbaum sein.«

»Schwalben?«, fragte Nele mit hochgezogenen Augenbrauen. »Ist das … dein … Ernst?«

»Ja, ich habe es durchaus ernst gemeint. Aber wenn ihr nicht damit einverstanden seid, könnte ich euch auch in zwei Milben verwandeln und ihr könntet dann in meinem Gefieder mitreisen.«

☆

»Milben.« Nele verzog angewidert das Gesicht. Jana sah aus, als wollte sie lieber wieder nach Hause.

»Ihr werdet sehen, es ist wunderbar, ein Vogel zu sein«, sagte Elena schnell. »Bei meiner ersten Verwandlung hatte ich auch Angst. Ich dachte, ich schaffe das nicht mit den Flügeln und so. Aber dann ging alles wie von allein. Das wird bei euch bestimmt auch so sein.«

Nele holte tief Luft. »Also – ich würde das Fliegen gern mal ausprobieren.«

»Sehr gut.« Eusebius lächelte.

»Und du, Jana?«, fragte Elena.

Als Jana sie anblickte, sah sie die Angst in ihren Augen.

»Ich wäre lieber eine Milbe«, murmelte Jana. »Wenn ich mich ganz tief im Gefieder verstecke, falle ich da auch nicht runter?«

»Keine Sorge, es wird dir nichts passieren.« Eusebius zog einen kurzen Zauberstab unter seiner Kutte hervor. »Wer zuerst?«

»Ich«, sagte Nele.

Elena hätte ihr gerne noch ein paar Tipps gegeben, wie man sich als Vogel verhalten musste. Aber es ging alles so schnell. Eusebius sprach ein paar Worte in einer fremden Sprache und deutete mit dem Stab auf Nele. Es gab einen kurzen Blitz – und schon saß eine Rauchschwalbe auf dem Fußboden.

»Oh!« Jana presste die Hand auf den Mund.

»Und nun zu dir.« Eusebius richtete den Stab auf Jana. Diesmal bewegten sich seine Lippen völlig lautlos. Jana, die noch immer auf der Couch saß, verschwand.

Eusebius trat zur Couch, bückte sich, betrachtete das Polster und nahm dann vorsichtig mit Daumen und Zeigefinger ein winziges Etwas auf, das er Elena reichte. »Bitte setz mir die Milbe ins Gefieder, sobald ich wieder ein Adler bin«, sagte er. »Dann machst du die Terrassentür auf und verwandelst dich selbst in einen möglichst schnellen Vogel, damit wir alle losfliegen können.«

»In Ordnung.« Elena nickte. »Und was ist mit Papa?«

»Wir treffen ihn am Dornenbaum.« Eusebius riss die Arme hoch. Gleich darauf hockte ein großer Adler vor Elena. Die Rauchschwalbe fing aufgeregt an, mit den Flügeln zu schlagen.

»Ruhig, Nele«, sagte Elena. »Das ist nur Eusebius. Er tut dir bestimmt nichts.« Sie bückte sich und setzte dem Adler mit gemischten Gefühlen die mikroskopisch kleine Jana ins Gefieder. Hoffentlich ging das auch wirklich gut! Dann überlegte sie kurz und konzentrierte sich, um sich ebenfalls in eine Schwalbe zu verwandeln. Der Adler wurde unruhig und hackte mit dem Schnabel nach ihrem Schuh.

»Ach so, du hast recht, erst die Tür.« Sie stemmte die Terrassentür auf. Kaum war sie offen, schoss die Rauchschwalbe hinaus, offenbar in Panik. Der Adler tappte über die Türschwelle, stieß sich dann ab und folgte der Schwalbe, die in der Luft einen wilden Zickzackkurs eingeschlagen hatte.

Elena sah ihr besorgt nach. Hatte Nele Schwierigkeiten beim Fliegen oder war es die Angst der Schwalbe vor einem Raubvogel? Bei der Verwandlung in ein Tier musste man nämlich aufpassen, dass die Instinkte des Tiers nicht die Steuerung übernahmen.

Mist, dass ich Nele nicht davor gewarnt habe!, dachte Elena und hatte schon wieder ein schlechtes Gewissen. Hoffentlich ging das nicht schief! Elena und Miranda war es bisher zwar immer ganz gut gelungen, die Instinkte unter Kontrolle zu halten; sie hatten damit niemals Probleme gehabt. Aber möglicherweise war das bei Menschen anders. Der *Homo sapiens sapiens* war ja nicht für *Metamorphose* geschaffen, doch sie hatten jetzt keine andere Wahl …

»Verdammt, ich mache ständig alles falsch!«, schimpfte Elena, riss die Arme hoch und flog als Mehlschwalbe aus dem Haus.

Miranda hatte jegliches Zeitgefühl verloren. Wie eine willenlose Marionette ging sie neben Mafaldus Horus her, überzeugt, dass ihr Schicksal nun besiegelt war. Es gab keinen Ausweg mehr für sie. Ihr Fluchtversuch war jämmerlich fehlgeschlagen. Noch immer spürte sie die Druckstellen an ihren Schultern, dort, wo die Klauen des Falken zugegriffen hatten. Bestimmt hatte sie blaue Flecken.

Allmählich veränderte sich die Unterwelt. Die Wände schienen zurückzuweichen und die Decke wurde höher. Noch immer war der Fluss ihr Begleiter, aber auch er war breiter geworden. Die Luft war frischer – so als würden sie sich nicht mehr in einer Höhle befinden, sondern in einer Welt, die einfach nur dunkel war.

Schließlich tauchten in der Ferne Lichter auf. Es waren Hunderte oder sogar Tausende … Als Miranda näher kam, sah sie, dass lauter kleine Flammen auf einem See tanzten. Ein langer Steg führte zu einem Pavillon, der sich inmitten des Sees befand.

»Jetzt sind wir gleich am Ziel«, sagte Mafaldus und betrat den Steg.

Der Steg war so schmal, dass sie hintereinander gehen mussten. Als Miranda dem Magier folgte, sah sie, dass der Steg aus lauter Knochen bestand, die eng aneinandergeschichtet waren. Arm- und Beinknochen bildeten das Geländer. Totenschädel saßen auf den Pfosten, und als Miranda an ihnen vorüberging, drehten sich die Schädel in ihre Richtung. Blicke aus leeren Augenhöhlen schienen ihr zu folgen, Kiefer klackten, und Miranda hörte, wie ihr Name geflüstert wurde.

*Miranda Leuwen … Miranda Leuwen … Miranda … Miranda … Miranda …*

Mafaldus schritt voran, ohne sich von dem unheimlichen Geflüster beirren zu lassen. Miranda wäre am liebsten umgekehrt, aber als sie über die Schulter sah, hatte sie den Eindruck, dass die Schädel enger zusammenrückten, als wollten sie ihr den Rückweg versperren.

Miranda holte tief Luft und setzte einen Fuß vor den anderen. *Das ist alles nicht wahr … Bald ist der Spuk vorbei …*

Sie näherten sich dem Pavillon. Auch auf dem Dach befanden sich unzählige Totenköpfe, die die Ankömmlinge kieferklappernd empfingen. Im Innern des Pavillons saß eine dunkle Gestalt auf einem Thron, nahezu reglos. Miranda konnte nicht erkennen, ob es sich um einen Mann oder um eine Frau handelte, denn ein Umhang aus schwarzer Seide verhüllte den Körper. Die Kapuze war tief ins Gesicht gezogen. Nur die weißen Hände waren frei. Sie streichelten eine schwarze Katze, deren Augen in der Dunkelheit bernsteinfarben leuchteten.

Mafaldus verneigte sich vor dem Thron. »Seid gegrüßt, Meister der Dunkelheit.« Er wandte sich halb um. »Wie Ihr seht, bringe ich Euch eine junge Seele. Ich hoffe, dass sie Euch gefällt und dass Ihr mich im Austausch für sie gehen lasst.«

Die Gestalt streifte die Kapuze ab. Jetzt sah Miranda das Gesicht. Es war vollkommen weiß, ebenso das Haar, das bis auf die Schultern hing. Nur die Augen schimmerten rot wie Rubine.

Der Blick des Meisters der Dunkelheit ruhte auf Miranda. »Wie heißt du? Und wie kommst du dazu, mir diesen Tausch anzubieten?« Seine Stimme klang so ruhig, als sei alle Zeit der Welt darin enthalten. Sie war vollkommen frei von Gefühlen.

»Ich bin Miranda Leuwen«, antwortete Miranda und fiel vor dem Thron auf die Knie. Flehend hob sie die Hände. »Ich bin nicht freiwillig hier, man hat mich gezwungen! Zwei Anhänger dieses Magiers haben mich entführt, und dann hat Mafaldus Horus mich mit Gewalt hierher gebracht.« Sie schluchzte auf. »Ich bitte Euch, Meister der Dunkelheit, lasst mich gehen! Ich bin erst dreizehn, ich will noch leben!«

»Stimmt das?«, wandte sich der Meister der Dunkelheit an Mafaldus Horus.

»So ist es«, bestätigte der Magier. »Aber die Umstände tun hier nichts zur Sache. Ihr habt mir gesagt, dass Ihr mich gehen lasst, wenn ich Euch Ersatz verschaffe. Und ich dachte, dass Ihr Euch über ein junges Mädchen freut. Ich bin ein alter Mann, habe schon Ewigkeiten hier unten verbracht. Das Mädchen ist eine willkommene Abwechslung für Euch …«

»Steh auf und tritt näher«, forderte der Meister der Dunkelheit Miranda auf.

Zitternd kam sie auf die Füße und machte zwei Schritte auf den Thron zu. Der Meister streckte seine Hand aus und berührte ihren Arm. Seine Hand war kalt wie Eis und Miranda erschauderte. Die Katze maunzte laut.

»Du bist auch eine Magierin?«, fragte der Meister der Dunkelheit.

»Ich bin eine junge Hexe«, sagte Miranda. »Ich bin noch in der Ausbildung … Ich habe noch nicht einmal mein Hexendiplom. Und ich habe mit schwarzer Magie nichts zu schaffen – im Gegensatz zu diesem … diesem …« Sie warf Mafaldus einen wütenden Blick zu.

Die kalte Hand umklammerte noch immer ihren Arm.

»Du behauptest also, du bist keine Schwarzmagierin? Aber ich kann etwas anderes spüren!«

In Mirandas Kopf wirbelte alles durcheinander. Schwarzmagie – sie? Ihr schlechtes Gewissen meldete sich, weil sie ein paar Mal heimlich in Mona Bredovs Bücherregal gestöbert und dort auch einige verbotene Bücher gefunden hatte. Die hatten sie natürlich besonders interessiert. Der Gedanke an den einen oder anderen illegalen Zauber war verlockend gewesen ... Aber in ihrem Herzen war Miranda bestimmt nicht dem Bösen und Finsteren zugetan! Sie würde sich niemals völlig der schwarzen Magie verschreiben, wie es Mafaldus Horus getan hatte. Plötzlich blitzte eine Idee in ihr auf: Es musste an dem Fluch liegen, dass der Meister der Dunkelheit in ihr schwarze Magie spürte!

»Ich bin von einem Fluch von Mafaldus Horus getroffen worden«, versuchte Miranda zu erklären und fuhr fort: »Seither schwinden meine Zauberkräfte und Mafaldus Horus hat Macht über mich.«

»Nun ja«, räumte Mafaldus ein, noch bevor der Meister der Dunkelheit etwas sagen konnte. »Das Mädchen ist mir bei einer Auseinandersetzung in die Quere gekommen, und als ich mich verteidigte, hat ein Ausläufer des Fluchs sie gestreift.«

Miranda schüttelte den Kopf. »Ihr habt den Fluch absichtlich auf mich abgefeuert, und nur, weil Eusebius mich geschützt hat, hat der Fluch mich nicht vollständig getroffen.« Dann biss sie sich auf die Lippe. Eigentlich hatte sie den jungen Hexer nicht erwähnen wollen. Aber wenn Mafaldus eine falsche Geschichte erzählte, so musste sie diese richtigstellen.

»Gut«, meinte der Meister der Dunkelheit. »Ob du dich der weißen oder der schwarzen Magie gewidmet hast, ändert nichts an der Tatsache, dass du hier bist. Es hat höchstens

Auswirkungen auf deine Zukunft, nämlich, wenn ich entscheide, wohin du gehen wirst – nach Tartaros oder nach Elysion.«

»Ich will zurück«, fiel ihm Miranda ins Wort. »Zurück in die Welt der Lebenden!«

»Vergiss es«, fuhr Mafaldus sie an. »Wenn jemand das Totenreich verlässt, dann ich. Ich war lange genug hier.«

Der Meister hob die Hand und bedeutete ihm zu schweigen. »Das entscheide immer noch ich, Mafaldus.«

»Selbstverständlich, Meister der Dunkelheit«, sagte Mafaldus zerknirscht.

Miranda zitterte vor Furcht und Ungeduld. Was würde jetzt passieren? Gab es eine Chance, dass der Meister sie zurückkehren ließ – zurück zu Elena und ihrer Familie? Noch nie hatte sie sich so nach dem Haus am Nachtigallenweg gesehnt wie jetzt, nach der schönen Villa und dem großen Garten mit dem Teich, in dem Koi-Karpfen schwammen.

Nach einer scheinbaren Ewigkeit redete der Meister der Dunkelheit weiter. »Du hast mir ein Angebot gemacht, Mafaldus Horus. Du hast mir vorzeitig eine junge Seele gebracht, die normalerweise erst in Jahrzehnten zu mir gekommen wäre. Dafür verlangst du, dass ich dich gehen lasse. – Ich habe mich entschieden, dein Angebot anzunehmen. Du wirst jedoch keine siebzig Jahre in Freiheit haben, sondern nur sieben. Heute auf den Tag genau in sieben Jahren wirst du zu mir zurückkehren und wieder vor meinen Thron treten.«

Miranda hörte, wie Mafaldus mit den Zähnen knirschte, während für sie selbst eine Welt zusammenbrach. Der Meister der Dunkelheit hatte entschieden, dass sie in seinem Reich bleiben musste! Sie war seine Gefangene!

»Ich danke Euch, großer Meister«, sagte Mafaldus mit falscher Freundlichkeit. »Sieben Jahre sind zwar nicht das, was ich erhofft habe, aber ich werde diese Zeit nutzen. Habt tausend Dank!«

»Und nun geh, bevor ich es mir anders überlege«, befahl der Meister der Dunkelheit. »Du aber, Miranda, wirst bleiben und mir erzählen, was du in deinem kurzen Leben gemacht hast.«

Die Katze maunzte laut, als sich Mafaldus Horus abwandte und über den Steg zurückging.

Miranda liefen die Tränen übers Gesicht. Das konnte, das durfte doch nicht das Ende sein!

# Wer seine eigenen Wünsche erfüllen will, der hexe sehr vorsichtig

Der Flug war der reinste Albtraum. Elena wünschte sich, sie hätte sich in einen anderen Vogel verwandelt. Als Mehlschwalbe hatte sie große Schwierigkeiten, dem Adler zu folgen. Eusebius brauchte nicht lange, um die völlig hysterisch gewordene Rauchschwalbe zu fangen. Er hielt sie in seinen Krallen und flog mit ihr weiter.

Elena flatterte mühsam hinterher und fragte sich, wie es Nele wohl erging. Eusebius ging bestimmt so sanft wie möglich mit ihr um – aber drang das überhaupt in Neles Bewusstsein? Hoffentlich bekam die Rauchschwalbe vor lauter Angst keinen Herzschlag! Und hoffentlich rutschte Jana als Milbe nicht aus Eusebius' Gefieder und ging unterwegs verloren! In der hügeligen Landschaft würde niemand sie wiederfinden …

Elenas Herz war schwer vor Sorgen. Wenn sie Pech hatte, würde sie nicht nur Miranda verlieren, sondern auch noch ihre beiden Menschenfreundinnen. Und sie wäre daran schuld!

Endlich merkte der Adler, dass die Mehlschwalbe kaum nachkam. Er flog langsamer und wartete, bis Elena an seiner Seite war.

*Alles klar mit dir? Oder sollen wir eine Pause machen?* Eusebius' Stimme war auf einmal in Elenas Kopf.

*Eine Pause wäre nicht schlecht,* antwortete sie.

*Gut, dann fliegen wir zum nächsten Baum,* sagte Eusebius.

Elena war froh, als sie auf einem Zweig landen konnte. Es dauerte einige Minuten, bis sich ihr Herzschlag beruhigt hatte. Mehlschwalben waren normalerweise Zugvögel und konnten um die halbe Welt fliegen. Elena fragte sich, wie sie das schafften. Sie fühlte sich schon nach dem kurzen Sprint durch die Luft völlig kaputt. Aber sie war ja auch keine echte Schwalbe …

*Wie geht's Nele?*, fragte sie, als sie wieder etwas zu Atem gekommen war.

Der Adler hielt sich mit einer Klaue am Ast fest, in der anderen Klaue hatte er die kleine Rauchschwalbe gefangen.

*Sie steht unter Schock, glaube ich,* antwortete Eusebius. *Dabei bin ich ganz vorsichtig mit ihr umgegangen. Wirklich. Menschen sind für Metamorphose nicht geeignet. Aber ich dachte, es muss gehen …*

Elena wollte ihrer Freundin so gerne helfen und ihr die Angst nehmen. Sie versuchte es daher mit Gedankenkommunikation.

*Hallo Nele, keine Angst, ich bin's nur, Elena! Der Adler tut dir nichts, es ist Eusebius. Er ist unser Freund …*

Elena hatte Schwierigkeiten, in Neles Gedanken einzudringen. Endlich fand sie ein Schlupfloch. Aber in Neles Kopf herrschte ein einziger Wirrwarr.

*Angst – Tod – Angst – Tod – Angst – Tod …*

Elena zog sich eilig aus Neles Gedanken zurück.

*Oh Eusebius, es ist furchtbar,* teilte sie dem Adler mit. *Nele ist ganz durcheinander. Sie hat totale Panik. Du musst sie zurückverwandeln, sonst bleibt ihr vor lauter Angst noch das kleine Schwalbenherz stehen!*

Der Adler stieß sich vom Ast ab und landete auf dem Boden. Dann ließ er die Rauchschwalbe frei, die ein paar müde

Flatterbewegungen machte und sich unter einen Busch flüchtete.

Mit einem leisen Knall verwandelte sich Eusebius zurück und wurde wieder ein junger Mann. Er schwang seinen Stab und deutete auf den Busch. Es raschelte, und kurz darauf kroch Nele auf allen vieren unter dem Blattwerk hervor. Auf ihrem Gesicht lag noch immer ein völlig verängstigter Ausdruck.

Als Elena sah, wie fertig ihre Freundin war, flog sie auf den Boden und verwandelte sich vor Nele zurück.

»Es tut mir so leid, Nele!« Sie nahm sie in die Arme. »Das mit der *Metamorphose* war keine gute Idee. Du hast dich wirklich als Rauchschwalbe gefühlt, deswegen hattest du solche Angst vor dem Adler …«

Nele war den Tränen nah und konnte gar nicht sprechen. Elena musste ihre Freundin stützen.

»Alles ist gut«, versicherte sie ihr immer wieder.

»Magie ist eben nichts für Menschen«, sagte Eusebius zerknirscht. »Entschuldige, Nele. Ich wusste nicht, dass du so reagierst. Meine Erfahrung mit *Metamorphose* und Menschen ist nicht wirklich groß.«

Nele hob den Kopf. »Sch… schon gut«, schluchzte sie. Elena spürte, dass sie noch immer zitterte. »Da-dabei hab ich mir Fli-fliegen immer so sch-schön vorgestellt …« Sie wischte sich über die Augen. »W-wo ist Jana?«

Eusebius machte eine Handbewegung. »Unter meinem Kragen.«

»B-bist du sicher?«

Eusebius nickte.

»Ich traue der *Metamorphose* irgendwie nicht mehr«, meinte Elena. »Vielleicht gibt es mit Jana auch noch Schwierigkeiten. Können wir nicht auf andere Weise zum Dornenbaum reisen? Kannst du uns dorthin zaubern, Eusebius?«

Eusebius zögerte. »Gut«, sagte er dann. »Das ist zwar komplizierter, aber ich werde es schon hinkriegen. Aber zuerst muss ich Jana zurückverwandeln.«

Er holte die fast unsichtbare Milbe unter seinem Kragen hervor und deutete mit seinem Zauberstab auf das Tier. Es gab einen kurzen leuchtenden Blitz – und schon stand Jana da und guckte ziemlich erstaunt.

»Eh, was ist los? Wo sind wir? Warum heulst du denn, Nele?«

»Schon gut«, schniefte Nele. »Ich bin so froh, dass dir nichts passiert ist, Jana.«

Jana wurde ernst, betastete ihren Bauch, stutzte und griff dann mit der einen Hand unter ihr Sweatshirt. Sie begann zu strahlen.

»Mein Nabel ist wieder da!«

»Ehrlich?« Nele tastete nun an ihrem eigenen Bauch herum. »Tatsächlich. Bei mir auch.«

Jana und Nele fielen sich in die Arme.

»Dann war die *Metamorphose* wenigstens doch zu etwas gut«, murmelte Elena.

»Danke«, sagte Jana zu Eusebius und lachte ihn an.

»Ich habe keine Ahnung, wofür du dich bedankst, aber gern geschehen«, sagte der Hexer grinsend.

Elena erklärte ihm, dass die Menschenmädchen auf ihrer Reise in die Hexenwelt auf rätselhafte Weise ihren Bauchnabel verloren hatten. Sie berichtete auch von ihrem kläglichen Versuch, die Sache wiedergutzumachen.

Eusebius lachte, als er hörte, dass Elena einen Plastikknopf gehext hatte.

»Oh! Mir scheint, du musst noch viel lernen!«

»Muss ich auch«, sagte Elena. »Manchmal denke ich, dass ich einfach untalentiert bin, was das Zaubern angeht.«

»Ach was, man muss beim Zaubern die richtige Einstellung haben. Das macht viel aus«, sagte Eusebius.

Nele hatte inzwischen ihre Fassung zurückgewonnen und war wieder die Alte.

»Kommt zu mir«, forderte Eusebius nun die drei Mädchen auf. »Wir müssen einen engen Kreis bilden und uns während der Reise fest an den Händen halten. Ich hoffe, dass es besser funktioniert als meine Idee mit der *Metamorphose*. Bisher hatte ich beim *Teleportieren* nie Menschen dabei ...«

Nele und Jana nahmen Elena in die Mitte und ergriffen mit der freien Hand Eusebius. Der Magier machte ein ernstes Gesicht.

»Mein Zauber wird eine magische Erschütterung verursachen, die vielleicht von ein paar Magiern bemerkt wird. Ich hoffe, es sind nicht die falschen Zauberer und alles geht gut.« Er lächelte den Mädchen aufmunternd zu und murmelte dann etwas in einer fremden Sprache. Elena glaubte, dass es Altägyptisch war – sie hatte es schon einmal bei Miranda gehört.

Der Himmel verfinsterte sich von Westen her. Es war beängstigend, wie erst graue und dann pechschwarze Wolken aufzogen. Sie bildeten eindrucksvolle Formen: Manche sahen aus wie grimmige Haie, andere wie eine drohende Fratze, dann wiederum wie riesige Hände, die gierig die Finger ausstrecken. Die Sonne verschwand und schließlich wurde es finstere Nacht. Elena spürte, wie Nele und Jana ihr unsichere Blicke zuwarfen. Sie wusste zwar auch nicht, was passieren würde. *Teleportieren* war absolut *höhere Zauberei* und gehörte noch lange nicht zu ihren Lektionen, aber sie drückte ihren Freundinnen zuversichtlich die Hände.

Die künstliche Nacht schien jeden Lichtschimmer zu verschlucken. Elena sah von Nele, Jana und Eusebius zunächst noch die Umrisse, dann gar nichts mehr. Es war, als wäre sie mit Blindheit geschlagen.

Auch alle Geräusche verstummten – das Vogelgezwitscher und das leise Säuseln des Windes. Stattdessen: nichts. Es herrschte absolute Stille. Elena konnte nicht einmal mehr ihren eigenen Atem hören. Ihr Gehörsinn schien nicht zu funktionieren.

Es machte ihr Angst, dass sie nichts mehr sehen und hören konnte. Doch Elena versuchte, keine Panik aufkommen zu lassen. Eusebius würde schon wissen, was er tat.

Hinterher konnte Elena nicht mehr sagen, wie lange dieser merkwürdige Zustand gedauert hatte. Auf einmal wurde es wieder hell. Zuerst zeigte sich ein schmaler Streif am Horizont. Das Licht breitete sich aus und vertrieb die dunklen Wolken. Elena konnte die anderen wieder erkennen. Eusebius stand da mit geschlossenen Augen. Er schien sich noch immer stark zu konzentrieren, so als müsse er mit dem eigenen Willen die Dunkelheit wegschieben, Stück für Stück.

Als es heller wurde, sah Elena, dass sich die Landschaft verändert hatte. Sie waren nicht mehr von Bäumen und grünen Wiesen umgeben, sondern die Gegend war öde und kahl. Auf dem Boden wuchs fast nichts. Als Elena zur Seite blickte, entdeckte sie einen großen knorrigen Baum. Sie erkannte ihn sofort wieder: Das war der Dornenbaum, in dem Mafaldus Horus eingeschlossen war.

Eusebius hatte es geschafft! Er hatte sie tatsächlich an den richtigen Ort gebracht! Der junge Magier sah erschöpft aus.

Auf seiner Stirn hatten sich Schweißperlen gebildet, die an den Schläfen herabliefen. Endlich öffnete Eusebius die Augen. Sein Blick wirkte so, als käme er von ganz weit her. Elena fragte sich, wo er gewesen war und was *Teleportieren* für den Magier tatsächlich bedeutete – es musste ein sehr anstrengender Zauber gewesen sein!

»So, hier sind wir«, sagte Eusebius. Seine Stimme klang müde. Er lächelte mühsam. »Schön, ich habe euch tatsächlich wohlbehalten hierher gebracht. Ich hoffe, dass euch nicht wieder ein Nabel fehlt oder ein Nasenloch. Aber ich glaube, alles ist gut gegangen. Ihr könnt jetzt eure Hände loslassen.«

Die Mädchen taten es. Nele und Jana schauten sich neugierig um.

»Wow!«, sagte Nele beeindruckt, als sie den Dornenbaum sah. »Hier haben sich also die *Schwarzen Zauberkutten* getroffen. Was für ein gruseliger Versammlungsort!« Eusebius schüttelte sachte den Kopf. Sein fragender Blick traf Elena. Sie wusste, was er in diesem Augenblick dachte: *Und was hast du noch alles ausgeplaudert?*

Am liebsten hätte sie geantwortet, dass Nele und Jana nun mal ihre besten Freundinnen waren und dass man unter Freundinnen keine Geheimnisse hatte. Doch ob Eusebius das verstehen würde? Männerfreundschaften waren da doch ein bisschen anders …

»Jetzt müssen wir nur noch auf deinen Vater warten, Elena«, sagte Eusebius. »Ich hoffe, er kommt bald.«

Die Minuten dehnten sich wie Kaugummi. Allmählich wurde Elena fast böse auf ihren Vater. Warum ließ er sich so viel Zeit? Er wusste doch, dass Miranda in Gefahr war und dass jede Minute zählte!

Eusebius hatte sich ein Stück entfernt auf den Boden gesetzt und schnitzte ein Muster in einen Stock.

Nele und Jana hockten auf einem Felsblock und unterhielten sich leise. Elena setzte sich schließlich dazu, nachdem sie eine Weile unruhig herumgelaufen und den Dornenbaum aus sicherem Abstand umkreist hatte – in der Hoffnung, ihm sein Geheimnis zu entlocken. Aber sie konnte weder herausfinden, ob Mafaldus noch immer in dem Baum eingeschlossen war, noch ob Miranda sich irgendwo in der Nähe befand.

Jana hatte in der Zwischenzeit verstohlen nachgesehen, ob ihr Nabel noch da war. Aber alles war in Ordnung.

»Also – ich finde ihn total süß«, flüsterte Nele und schaute verzückt auf Eusebius. »Ich glaube, in den Typen könnte ich mich auch verlieben.«

»Ich fürchte, da hat Miranda vielleicht etwas dagegen.« Elena grinste.

»Ich meine das ja auch nicht ganz ernst«, sagte Nele. Sie machte eine Pause und wisperte dann weiter: »Obwohl es natürlich total praktisch wäre, wenn man einen Hexer als Freund hätte. Er könnte einem jeden Wunsch von den Augen ablesen. Wenn ich Appetit auf ein Schokoladeneis hätte, würde er mir sicher gleich eines herbeizaubern.« Sie verdrehte die Augen. »Das wäre doch himmlisch!«

»Ja, und wenn ihr Streit habt, dann könnte er dich gleich in einen Kaktus oder in eine Badewanne verzaubern«, sagte Jana spöttisch.

»Ach, Jana!« Nele stieß Jana in die Rippen. »Du bist wirklich völlig unromantisch!«

»Ich stelle mir so eine Beziehung eben ganz schön schwierig vor«, sagte Jana. »Einer kann hexen und der andere nicht.

Ich würde mich da ständig zurückgesetzt fühlen. Und ich hätte Tag und Nacht Angst, dass er mit seinen Zaubereien etwas anstellt.« Sie schüttelte den Kopf. »Für mich käme so etwas nicht infrage. Miranda und Eusebius – das wäre okay. Hexer zu Hexe und Mensch zu Mensch.«

»Ich sehe das ein bisschen anders«, meinte Nele schwärmerisch. »So eine Beziehung wäre doch total aufregend. Jeden Tag ein Abenteuer!« Sie wandte sich an Elena. »Gibt es eigentlich Liebesbeziehungen zwischen Hexern und Menschen oder umgekehrt?«

Elena überlegte. Ihr fiel kein Beispiel ein, aber so etwas wäre in der Hexenwelt garantiert ein Skandal. Sie würde Oma Mona fragen müssen, die war immer bestens über Klatsch und Tratsch informiert.

»Keine Ahnung«, antwortete Elena deswegen. »Ausgeschlossen ist es nicht. Es passiert bestimmt, dass sich ein *Homo sapiens magus* in einen *Homo sapiens sapiens* verliebt – egal, ob es gern gesehen wird oder nicht.«

Nele kicherte. »Wie du das schon sagst: *Homo sapiens magus* …«

»Aber das ist nun mal der Fachausdruck«, meinte Elena. »Und Theorien zufolge hatten die beiden Arten gemeinsame Vorfahren.«

»Dann ist es also doch nicht völlig ausgeschlossen, dass ich ein paar Tropfen magisches Blut in den Adern habe«, sagte Nele zufrieden.

»Ach Nele, wie oft denn noch – Zaubern ist nichts für Menschen.« Elena war es allmählich leid, diesen Spruch immer zu wiederholen. »Denk dran, wie dich vorhin Eusebius verhext hat und welche Panik du bekommen hast, weil du eine Rauchschwalbe warst.«

»Ich habe keine Panik gehabt, weil ich in eine Schwalbe verwandelt war – ich hatte Panik, weil ich dachte, dass mich der Adler gleich frisst«, stellte Nele klar.

Elena seufzte. Nele wollte in diesem Punkt einfach nicht einsichtig sein!

Plötzlich entstand vor ihnen in der Ebene ein schwarzer Wirbel – und dann erschien Leon Bredov. Er trug seinen schwarzen Umhang mit dem silbernen Besatz.

»Ist er das?«, flüsterte Nele aufgeregt. Sie hatte Elenas Vater noch nie in seiner wirklichen Gestalt gesehen, sondern nur als Leguan. »Wahnsinn! Dein Vater sieht aber gut aus! Wie ein Filmstar!«

Elena sprang von dem Felsen auf und lief ihrem Vater entgegen.

»Papa! Endlich! Wir warten schon auf dich!«

Leon Bredov nahm seine Tochter in die Arme und drückte sie kurz fest an sich. Elena roch den vertrauten Duft und wünschte sich von Herzen, dass ihr Vater endlich wieder einmal mehr Zeit für sie hätte – wie früher! Natürlich verstand sie, dass er als Geheimagent wichtige Aufgaben hatte und nicht immer für seine Familie da sein konnte. Trotzdem! Sie sehnte sich danach, mit ihm zu reden und mit ihm ihre Probleme zu besprechen …

»Mafaldus Horus ist frei«, sagte Leon unvermittelt und ließ Elena los. Seine Stimme klang aufgeregt. »Er hat die Unterwelt verlassen und ist nicht mehr im Dornenbaum gefangen.«

»Dann hat er also sein Ziel erreicht«, erwiderte Eusebius bestürzt. Er war sofort aufgestanden, als Leon aufgetaucht war. »Wir sind zu spät gekommen! Wie konnte das nur passieren?«

»Noch ist es nicht zu spät«, sagte Leon. »Ein paar von uns sind ihm bereits auf den Fersen. Wir kriegen ihn, das haben wir uns fest vorgenommen.« Er blickte wieder zu Elena. »Deswegen bin ich auch jetzt erst gekommen. Ich wollte gerade aufbrechen, als wir die Nachricht erhalten haben, dass Mafaldus frei ist. Mein Auftrag ist nun, ihn zu finden und daran zu hindern, die Macht an sich zu reißen.«

Elena war vor Schreck wie gelähmt. Dann war das Furchtbare doch Wirklichkeit geworden! Mafaldus Horus hatte den Dornenbaum verlassen und in die Hexenwelt zurückkehren können. Sie wusste, was das bedeutete. Wie ihr Vater gesagt hatte: Mafaldus Horus wollte, unterstützt von den *Schwarzen Zauberkutten*, die Herrschaft über die Hexenwelt gewinnen …

»Ich kann nicht bleiben«, sagte Leon, griff in seinen Halsausschnitt und holte das magische Amulett hervor, das einst Mafaldus Horus gehört hatte und das ungeheuer mächtig war. Elena kannte das Schmuckstück gut. Sie hatte es wochenlang aufbewahrt und versteckt – ohne seine wirkliche Bedeutung zu kennen.

Leon reichte das Amulett an Eusebius weiter.

»Pass gut darauf auf. Ich hoffe, es hilft dir, Miranda Leuwen zu finden und zu befreien. Ich muss leider schon wieder aufbrechen und hinter Mafaldus her, um zu verhindern, dass Schlimmeres geschieht. Ich vertraue dir, Eusebius.«

Eusebius hängte sich das Amulett um den Hals und ließ den Anhänger, der wie ein Auge aussah, unter seiner Kutte verschwinden. Der rote Stein blitzte dabei geheimnisvoll auf. Sein Funkeln blendete Elena, sie musste einen Moment ihre Augen bedecken.

»Aber Papa …«, protestierte sie dann und griff nach seinem Umhang. »Du hast versprochen, dass du hilfst, Miranda zu suchen. Sie ist bestimmt in großer Gefahr! Wer weiß, was Mafaldus inzwischen mit ihr gemacht hat!« Vor lauter Verzweiflung war Elena den Tränen nah.

»Ich helfe dir, indem ich dir Eusebius geschickt habe«, entgegnete Leon. »Er ist ein mächtiger Hexer und ich kann mich absolut auf ihn verlassen. Ich bin überzeugt, dass er Miranda finden wird.« Er streckte die Hand aus und strich Elena über die Wange. »Bitte hör auf zu weinen, Elena. Du weißt, dass ich das nicht gut ertrage. Ich habe mir wirklich gewünscht, ich könnte mich persönlich um Miranda kümmern. Es tut mir leid.«

Elena sah ihn mit tränenverschleiertem Blick an. »Wann hast du wieder mal Zeit für uns, Papa? Immer bist du in Geheimaufträgen unterwegs …« Elenas Traurigkeit über die ständige Abwesenheit ihres Vaters brach mit einem Mal aus ihr heraus.

»Ich tue, was ich kann«, sagte Leon. »Versprochen! Ich werde euch bald besuchen. Hab noch etwas Geduld, Elena, auch wenn es dir schwerfällt.«

Elena versuchte zu lächeln und wischte sich übers Gesicht.

Leon schaute zu Nele und Jana, die noch immer auf dem Felsblock saßen. »Bring deine Freundinnen nach Hause«, sagte er. »Sie haben hier nichts verloren. Ich verstehe ja, dass du sie gern um dich hast, aber die Hexenwelt ist nichts für sie. Hier geschehen Dinge, die nicht für Menschenaugen bestimmt sind. Es ist schon schlimm genug, dass sie wissen, *wer* du bist, Elena. Mach es nicht noch komplizierter. Schick sie zurück!«

Elena nickte, aber sie vermied es, ihm dabei in die Augen zu sehen.

»Es ist zu gefährlich«, betonte Leon noch einmal. Dann zog er Elena an sich und küsste sie auf die Stirn. »Ich muss jetzt leider gehen. Sobald wir Mafaldus gefunden haben, bin ich bei euch, versprochen!« Er lächelte sie an. Dann ließ er sie los, trat einen Schritt zurück, riss die Arme hoch und war verschwunden.

Elena blickte verdattert auf die Stelle, wo er eben noch gestanden hatte. »Und was jetzt?«, murmelte sie.

Eusebius blickte zu den beiden Menschenmädchen. »Wir müssen sie in die Menschenwelt zurückschicken – wie dein Vater gesagt hat«, sagte er etwas zögernd.

Elena kämpfte mit sich. »Muss das wirklich sein, Eusebius? Warum können sie nicht hierbleiben?«

»Wir wollen Elena beistehen, deshalb sind wir mitgekommen«, mischte sich Nele gleich ein.

»Genau«, bekräftigte Jana, obwohl ihre Stimme etwas schüchterner klang als Neles.

Die beiden sahen Eusebius bittend an.

»Aber Leon hat es angeordnet«, sagte Eusebius. »Er hat mir einen sehr mächtigen Gegenstand gegeben. Er vertraut mir … Wenn ich nicht dafür sorge, dass die Mädchen in die Menschenwelt zurückkehren, dann missbrauche ich sein Vertrauen.«

»Sie werden ja zurückkehren«, meinte Elena listig. »Aber erst, *nachdem* wir Miranda befreit haben. – Ach bitte, Eusebius! Zu viert können wir bestimmt viel mehr ausrichten als zu zweit. Wir sind auch vorsichtig.«

Eusebius überlegte. Elena merkte, dass er sich die Entscheidung nicht leicht machte.

# Teleportieren

Wenn man sich von einem Ort zum anderen zaubert und keine Fremdmittel benutzt (wie unterirdische Schleusen, fliegende Besen, Fahrkarten, Portale u. a.), dann spricht man vom Teleportieren.
Das Geheimnis des Teleportierens besteht darin, dass man sich in allerkleinste Teile auflöst, die mittels Magie die Raum-Zeit-Schranke passieren. Diese winzigen Teile sollen sich am Zielort wieder korrekt zusammensetzen.
Nur erfahrene Zauberer und Hexen sollen sich auf diese Weise fortbewegen, denn Teleportieren ist nicht ungefährlich.

Es kann passieren,

- dass nach der Ankunft die Körperteile nicht mehr am richtigen Platz sind. Häufig geschieht es, dass der Kopf verkehrt herum auf dem Hals sitzt oder dass zumindest die Augen ihre Position verändert haben. (Daher stammt auch die Redensart: Augen im Hinterkopf haben!)
- dass man seinen Zielort verfehlt und im Erdinnern oder im Weltall herauskommt (lebensgefährlich!).
- dass man gar nicht startet, sondern sich stattdessen mit den Füßen am Boden festzaubert (das sogenannte Wurzelschlagen!).
- dass man in der Vergangenheit oder in der Zukunft landet, was zu speziellen Problemen führen kann.

Beim Teleportieren kann man auch Krankheiten bekommen, die mit Seekrankheit oder Höhenangst vergleichbar sind. Übelkeit ist eine der häufigsten Nebenwirkungen. Man überlege sich also gut, ob man zu einer Party oder zum neuen Arbeitsplatz nicht besser mit dem Besen anreist. Es macht bei den Gastgebern oder beim Chef keinen guten Eindruck, wenn man sich auf dem Parkett oder dem besten Teppich übergibt.
Wenn man das Teleportieren übt, dann sollte man zunächst mit kleinen Strecken beginnen und sich langsam steigern. Ein genauer Trainingsplan kann beim Landeszauberamt, Abteilung Gesundheit, angefordert worden. Wer will, kann einen der Kurse belegen, die vom Landeszauberamt angeboten werden. Jeder Kursteilnehmer erhält nach erfolgreichem Abschluss ein Zertifikat. In speziellen Fällen – gerade bei Reisenden, die durch einen Unfall traumatisiert sind – kann Einzelunterricht beantragt werden.

»Na, ehrlich gesagt, bis jetzt waren die beiden nicht gerade eine große Hilfe, sondern eher hinderlich. Aber das kann sich ja in der Unterwelt ändern. Möglicherweise sind wir dort zu viert tatsächlich stärker«, sagte er schließlich. »Wir können unsere Kräfte bündeln, obwohl die Menschenmädchen keinerlei magische Fähigkeiten haben. Aber ihre natürliche Energie kann unsere Zauberkraft verstärken. Außerdem ist die Kraft der Freundschaft auch nicht zu unterschätzen; sie hilft manchmal mehr als Zauberei! Wer weiß, ob uns das nicht irgendwann zugutekommt.« Er zögerte, bevor er sagte: »Also gut, ich nehme die Verantwortung auf mich!«

Elena freute sich so, dass sie Eusebius spontan umarmte. Dann trat sie zurück, knallrot im Gesicht.

»Entschuldige«, stammelte sie. »Das war nur, weil ich mich so freue.«

»Danke, Eusebius«, sagte Nele und grinste. »Jetzt verstehe ich, warum Miranda von dir so angetan ist. Sie hat nicht übertrieben, als sie von dir erzählt hat …«

Auch Eusebius errötete. »Was hat sie denn von mir erzählt?«, wollte er sofort wissen.

Elena machte Nele schnell ein Zeichen. Sie sollte nicht zu viel ausplaudern!

Nele verstand und biss sich auf die Lippe. »Das soll sie dir besser selbst sagen, sobald wir sie gefunden haben«, sagte sie hastig. »Ich weiß nur, dass sie große Stücke auf dich hält.«

# Aus dem Totenreich gibt es meist kein Zurück mehr

Eusebius betrachtete den Dornenbaum, als könnte er ihm allein durch Blicke sein Geheimnis entlocken.

»Hm, Mafaldus Horus ist frei«, überlegte der Hexer laut. »Normalerweise kommt niemand aus der Unterwelt zurück. Jedenfalls keiner, der schon so lange tot ist. Vielleicht hat er den Meister der Dunkelheit mit etwas bestochen … oder ihm einen Handel angeboten … Nur was für einen?«

»Miranda«, sagte Elena sofort. Das war das Erste, was ihr einfiel. Sie konnte sich gut vorstellen, dass Mafaldus Horus ihre beste Freundin hatte kidnappen lassen, um sie in die Unterwelt zu verschleppen und den Herrscher der Unterwelt damit zu bestechen. Ja, das klang logisch, fand Elena. Denn Mafaldus hatte schließlich auch den Fluch auf Miranda abgefeuert – aus Wut darüber, weil sie verhindert hatte, dass er aus dem Dornenbaum stieg. Und um doch noch freizukommen, war es nur zu verständlich, dass er Elenas Freundin zum Austausch benutzte.

»Gut möglich«, meinte auch Eusebius. »Aus welchem anderen Grund sollte er Miranda entführen lassen? Deine Freundin ist so alt wie du, Elena, ihr seid noch keine ausgebildeten Hexen. Als Verstärkung seiner magischen Kräfte wird er sie wohl kaum brauchen.« Er rieb sich die Schläfen. Wieder fixierte er den Dornenbaum.

Elena merkte, wie sehr er sich konzentrierte. Sie trat von einem Fuß auf den anderen. Sie wusste wenig über die Unterwelt. In ihren Hexenlektionen hatte bisher gar nichts darüber gestanden. Das Totenreich, die Unterwelt und der Weg dorthin – das waren eher Teile der schwarzen Magie und kein Stoff des Hexendiploms … Sie begann zu frösteln.

Auch Jana und Nele wurden langsam ungeduldig, weil Eusebius so lange schwieg und offenbar ganz in Gedanken versunken war. Endlich wandte er sich wieder den Mädchen zu.

»Schwarze Magie ist nicht meine Sache«, sagte er mit heiserer Stimme. »Mein Onkel Theobaldus Magnus gehört jedoch zu den *Schwarzen Zauberkutten,* er hat sich der schwarzen Magie verschrieben, und als sein Neffe musste ich ihm bei seinen Ritualen oft helfen. So weiß ich vieles, was ich nicht wissen dürfte.«

»Du kennst dich also mit Schwarzmagie aus, verstehe ich das richtig?«, fragte Nele nach.

»Wenig, aber ich betreibe graue Magie. Die ist manchmal an der Grenze zur schwarzen Magie.« Eusebius schluckte. »Ich habe zwar Kenntnisse, was verbotene Zauberei betrifft, aber mein Herz schlägt für die helle Seite der Magie.« Er machte eine Pause und fügte dann hinzu. »Für das Leben. Für die Liebe. Ich will keine Toten zum Leben erwecken.«

Elena war erleichtert, obwohl sie schon gewusst hatte, dass Eusebius kein Anhänger von Mafaldus Horus war. Trotzdem war die schwarze Magie oft verlockend, sie war die mächtigste Art von Zauberei, und ihr Ziel war es, den Tod zu überwinden. Das hatte Mafaldus Horus jetzt erreicht …

»Wenn wir Miranda befreien wollen, muss ich das Tor zur Unterwelt öffnen.« Eusebius sah die drei Mädchen an. »Ich weiß nicht, was uns dort erwartet. Mein Onkel hat die Schwelle zum Totenreich einmal überschritten, aber er hat nicht erzählt, was er erlebt hat. Als er zurückgekommen ist, war er so verstört, dass er zwei Wochen lang überhaupt nicht gesprochen hat. Ich habe nie erfahren, was dort passiert ist.«

»Bestimmt ist es in der Unterwelt schrecklich«, meinte Nele.

»Ihr müsst nicht mitkommen«, sagte Eusebius. »Ich gehe allein. Ihr könnt hier auf mich warten.«

»Kommt gar nicht infrage.« Elena schüttelte den Kopf. »Am Ende kehrst du genauso zurück wie dein Onkel Theobaldus, und wir wissen gar nicht, was los war.«

Eusebius zögerte. »Ich trage das Amulett deines Vaters«, sagte er dann zu Elena. »Es ist der mächtigste magische Gegenstand, den ich je in den Händen hatte. Ich hoffe, dass uns das Amulett vor Gefahren schützt, selbst wenn es früher Mafaldus Horus gehört hat.«

»Es enthält schwarze Magie«, flüsterte Elena.

Der junge Hexer nickte. »Ich hoffe, ich kann damit umgehen.« Wieder streifte sein Blick Nele und Jana. »Das Risiko ist groß. Aber wenn ihr es wirklich wagen wollt, dann sollten wir keine Zeit verlieren. Seid ihr bereit?«

»Ja«, sagten Nele und Jana wie aus einem Mund.

»Und du, Elena?«, fragte Eusebius.

»Natürlich«, antwortete Elena, ohne zu zögern.

»Dann geht ein Stück zur Seite«, befahl der Hexer. Er näherte sich dem Dornenbaum, die Hände beschwörend ausgebreitet. Wieder murmelte er Worte in einer unbekannten Sprache, die Elena eine Gänsehaut verursachten. Es waren Worte von großer magischer Kraft. Die Luft schien zu vibrieren.

Still und starr stand der Dornenbaum da. Etwas Düsteres, das immer stärker wurde, schien von ihm auszugehen.

Eusebius zog das Amulett unter seiner Kutte hervor. Der rote Stein funkelte. Der Hexer berührte das Amulett mit der rechten Hand. Eine rote Flamme wuchs aus dem Stein, hüpfte auf seine Hand und brannte noch heller. Alle Finger schienen Feuer zu fangen. Schließlich tanzten dort fünf rote Flammen.

Eusebius' Blick war völlig konzentriert. Dann schrie er laut und schleuderte das Feuer auf den Dornenbaum. Wie rote Blitze drangen die Flammen in den Stamm. Sie bildeten einen Ring und fraßen ein Loch in den Baum. Es knisterte und zischte. Schwarzer Rauch stieg von der Brandstelle auf und verdunkelte die Luft.

Elena, Nele und Jana standen da wie gebannt und beobachteten, was passierte. Eusebius ging noch weiter auf den Dornenbaum zu. Der Feuerring war jetzt so groß, dass ein Mann hindurchpasste. Eusebius machte zwei Schritte und verschwand im Baum.

Der Rauch reizte Elenas Nase und Augen.

»Und jetzt wir«, sagte sie und fasste nach Janas und Neles Hand. Es kostete sie große Überwindung, auf den brennenden Baum zuzugehen. Alle drei Mädchen zitterten vor Angst. Vor dem Stamm blieben sie stehen. Elena spürte die Hitze der magischen Flammen.

»Ich zuerst«, sagte sie, kniff die Augen zu und machte einen großen Schritt ins Feuer.

*Für dich, Miranda!,* dachte sie.

Als Elena wieder die Lider öffnete, war es um sie herum kühl und dunkel. Während sich ihre Augen an die Finsternis gewöhnten, spürte sie, wie hinter ihr Nele und Jana auftauchten.

Jana wimmerte leise, aber Nele flüsterte: »Keine Angst, Jana, ich bin schon da. Hier – nimm meine Hand.«

Elena wandte sich um. Sie sah die Schatten ihrer Freundinnen.

»Seid ihr okay?«, fragte sie.

»Alles in Ordnung«, bestätigte Nele. »Bis jetzt ist uns nichts passiert.«

»Aber ich hab so schreckliche Angst«, murmelte Jana.

»Du bist nicht allein«, sagte Nele. Elena hörte, wie sie Luft holte. »Wo ist Eusebius?«

»Vor uns«, antwortete Elena. »Achtung, hier sind Stufen. Es geht runter. Haltet euch lieber am Geländer fest.« Sie streckte ihre Hände aus und ertastete eine Stange. Vorsichtig setzte sie einen Fuß vor den anderen und prüfte, ob die Stufen schmal oder breit waren. Noch immer konnte sie nichts sehen.

»Stockfinster hier drin!«, sagte Nele in diesem Moment. »Elena, kannst du mal ein Licht hexen?«

»Gute Idee.« Für eine Hexe war das eine der leichteren Übungen. Sie murmelte einen Zauberspruch, und schon tauchte vor ihr in der Luft eine milchige Lichtkugel auf, die vor ihr herschwebte.

Jetzt konnte Elena die Treppe erkennen. Sie schien endlos lang in die Tiefe zu führen. Von Eusebius war nichts zu sehen.

»Eusebius«, rief Elena. »Wo bist du? Warte auf uns!« Ihre Stimme hatte einen merkwürdigen Klang.

Sie befürchtete schon, keine Antwort zu bekommen, doch nach einigen Sekunden hörte sie Eusebius von unten rufen.

»Ich bin hier, auf dem ersten Absatz. Ich kann dich erkennen, Elena.«

Elena fiel ein Stein vom Herzen. »Wir sind gleich bei dir«, antwortete sie und stieg weiter in die Tiefe.

Miranda unternahm noch einmal einen Versuch, den Meister der Dunkelheit umzustimmen.

»Bitte, Herr!«, flehte sie. »Lasst mich gehen! Was nütze ich Euch hier unten? Ich habe Euch jetzt alles über mein Leben erzählt. Ich habe doch noch so viel vor! Ich will Diplomatin werden, damit endlich die vielen Missverständnisse zwischen den Hexen und den Menschen ausgerottet werden. Bitte! Habt Erbarmen!«

»Ich verstehe durchaus, dass es schade für dich ist, wenn du deine Träume nicht verwirklichen kannst«, antwortete der Herrscher der Unterwelt ungerührt. Er streichelte die schwarze Katze, die Miranda keine Sekunde aus den Augen ließ. »Es gibt viele Leute, die ihre Ziele zu Lebzeiten nicht erreicht haben. Wenn du willst, kann ich dich zur *Insel der verlorenen Träume* führen, damit du siehst, was andere aufgeben mussten.«

Miranda überlegte fieberhaft. Die Verzweiflung schien ihr Gehirn auf Hochtouren zu bringen. Ihr musste doch etwas einfallen, um den Herrscher der Unterwelt umzustimmen. Ob es einen Sinn hatte, auf das Mitgefühl des Meisters zu bauen? Oder war jemand wie er völlig herzlos und kannte überhaupt kein Erbarmen?

»Es sind nicht nur meine beruflichen Träume, die ich aufgeben muss«, sagte sie. »Ich konnte mich noch nicht einmal von meinen Eltern verabschieden. Und auch nicht von meiner Freundin Elena. Außerdem hat Mafaldus Horus viel länger gelebt, er hat seine Ziele erreicht – und trotzdem habt Ihr ihn wieder gehen lassen.«

»Wer bist du, dass du meine Entscheidungen kritisierst?«, fragte der Meister der Dunkelheit, und diesmal glaubte Miranda zu hören, dass in seiner Stimme eine Spur Empörung mitschwang. Also hatte er doch Gefühle, man konnte ihn treffen!

»Wenn nicht ich, wer sonst?«, gab Miranda schnippisch zurück. Sie wusste auch nicht, woher sie auf einmal den Mut nahm, dem Herrscher der Unterwelt zu widersprechen. »Sonst ist ja niemand da, der für mich sprechen kann. – Ihr habt Euch von Mafaldus bestechen lassen, ein ganz gemeiner Deal war das!«

»Es war keine Bestechung, es war ein normaler Handel.«

»Aber ein Handel mit gestohlener Ware«, begehrte Miranda auf. »Mafaldus Horus hat mich entführt!«

Der Meister der Dunkelheit atmete tief durch. Die Katze sprang mit einem lauten Maunzen von seinem Schoß. »Du fängst an, mich zu langweilen. Schweig endlich still.«

Miranda presste die Lippen zusammen. Aber nicht lange.

»Ich habe immer angenommen, dass es Gerechtigkeit gibt in der Unterwelt«, platzte sie dann heraus. »Dass man nach dem beurteilt wird, was man im Leben getan hat. Aber das ist wohl ein Irrtum. Hier sind die Mächtigen eindeutig im Vorteil und kommen ungeschoren davon. Nicht nur das. Sie haben sogar die Gelegenheit, in die Welt der Lebenden zurückzukehren – während Ihr mir nicht die geringste Chance dazu gebt!«

Sie spürte, wie die schwarze Katze um ihre Beine strich. Der Meister der Dunkelheit aber trommelte nervös mit seinen Fingern auf die Armlehnen seines Throns. Schließlich sagte er: »Es interessiert mich nicht, was du von mir denkst, und ändert auch nichts an meiner Entscheidung. Im Übrigen stimmt es nicht, dass du keine Chance hast. Wenn du mir ein vernünftiges Angebot machst, dann lasse ich durchaus mit mir reden.«

Miranda schnappte vor Überraschung nach Luft.

»Du bist alt genug, um zu verstehen, dass eine Leistung eine Gegenleistung erfordert, nichts anderes habe ich mit Mafaldus Horus ausgemacht«, fuhr der Meister fort. »Nichts ist umsonst, nicht einmal der Tod, wie es bei euch heißt. Der kostet nämlich das Leben.« Er lachte leise. »Also – was kannst du mir anbieten, wenn ich dich gehen lasse?«

»Ich … ich weiß nicht«, stammelte Miranda. »Ich … ich besitze nicht viel, aber ich würde Euch alles geben, was ich habe – mein Geld, meine Bücher …«

»Materielle Güter interessieren mich nicht«, erwiderte der Herrscher sofort. »Doch du könntest einen Pakt unterschreiben, dass du mir dein erstes Kind schenkst. Dann lasse ich frei.«

Miranda glaubte ihren Ohren nicht zu trauen. »M-mein Ki-kind?«

»Das ist ein faires Angebot«, sagte der Meister. »Du kannst zurückgehen und alles tun, was du im Leben vorhast. Du kannst deine Träume verwirklichen – ich würde dir sogar eine Portion Glück mit auf den Weg geben, damit alles ein bisschen leichter geht. Eines Tages, in zehn oder fünfzehn Jahren, wirst du sicher einen Mann treffen, den du liebst und mit dem du eine Familie gründen und Kinder haben willst. Ich brauche nur eine Unterschrift von dir, dass du mir deinen erstgeborenen Sohn oder deine erstgeborene Tochter übergibst. Das ist alles.«

Das Blut rauschte in Mirandas Ohren. Sie konnte nicht glauben, was sie da hörte. Wie konnte der Meister der Dunkelheit nur denken, dass sie so etwas tun würde? Ihr eigenes Kind opfern.

»Nein«, fauchte sie. »So etwas tue ich nicht. Nie, nie, nie!«

»Dann kann ich dir nicht helfen«, sagte der Meister. Seine Stimme klang jetzt wieder so unbeteiligt wie zuvor.

Miranda ließ sich in stummer Verzweiflung auf den Boden sinken. Sie fühlte sich wie gelähmt. Die Tränen liefen ihr übers Gesicht, so ungeheuerlich war der Vorschlag, den ihr der Meister gemacht hatte.

*Niemals!*

Eusebius wartete auf dem Treppenabsatz, bis die Mädchen bei ihm waren.

»Es bringt nichts, wenn wir nur aufs Geratewohl durch die Unterwelt irren«, sagte er. »Wir müssen gezielt suchen. Elena, ich habe vor, Miranda per Gedankenkraft zu erreichen. Du musst mir dabei helfen, sie ist deine Freundin und du stehst ihr viel näher als ich.«

»Klar.« Elena nickte. »Was muss ich tun?«

»Ich weiß nicht, ob die Gedankenkommunikation hier unten funktionieren wird – oder ob es irgendwelche Blockaden gibt«, meinte Eusebius. »Aber wir müssen es versuchen. Fass mich an, Elena.«

Elena nahm beide Hände des Hexers. Seine Finger waren schlank und kräftig. Sie spürte seine magische Kraft als prickelnde Energie.

»Denk fest an Miranda«, flüsterte er.

Elena versuchte sich ihre Freundin vorzustellen. Mit Schrecken stellte sie fest, dass sie sich kaum noch daran erinnern konnte, wie sie aussah. Das musste an der sonderbaren Umgebung liegen … Hier unten war es kühl, trotzdem irgendwie stickig. Es war keine natürliche Finsternis, sondern eine drückende Dunkelheit. Elena hatte den Eindruck, dass hier die Ängste der ganzen Welt versammelt waren. Wenn sie nicht aufpasste, würden sie über sie herfallen und sie ersticken …

»Keine Panik«, wisperte Eusebius, der offenbar ihre Gedanken gelesen hatte. »Versuch dich zu konzentrieren und bleib ganz ruhig!«

Elena spürte nun in ihrem Kopf seine Gegenwart. Er hatte sich mit ihr verbunden. Obwohl er fremd war, empfand Elena seine Anwesenheit nicht als unangenehm. Er war behutsam, rücksichtsvoll. Seine Gedanken waren leise und fragend. Er wollte Elena nicht beherrschen oder manipulieren, sondern seine und ihre Kräfte bündeln.

*Denk an Miranda …*

*Ich versuch's ja …*

Elena konzentrierte sich und sandte suchende Gedanken aus. Plötzlich merkte sie, wie sie aus ihrem Kopf schlüpften, als seien es eigene lebendige Wesen. Sie flogen durch die Dunkelheit und folgten einer feinen Spur … zarte Schwingungen, die von Miranda stammten … Die Schwingungen wurden immer stärker … Schließlich spürte Elena, wie ihre Gedanken Mirandas Kopf erreichten. Ein kurzer Widerstand, dann waren sie in ihr …

*Gut, Elena!* Das war Eusebius' Gedankenstimme. *Wir haben sie gefunden. Jetzt muss es uns nur noch gelingen, Kontakt mit ihr aufzunehmen.*

Zunächst schien Miranda nichts von Elenas und Eusebius' Anwesenheit zu merken. Ihre Gedanken waren völlig ungeschützt. Elena spürte Mirandas Traurigkeit und Empörung, als wären es ihre eigenen Gefühle.

*Mein Kind bekommt er nicht! Lieber bleibe ich hier und sterbe …*

Elena war verwirrt. Was denn für ein Kind? War Miranda schwanger? Aber das war doch unmöglich!

*Sprich sie an!*, forderte Eusebius sie auf.

Elena tat es.

*Miranda*, flüsterte sie. *Hallo, ich bin's, Elena. Keine Angst. Wir sind ganz in deiner Nähe …*

Ein Ruck schien durch Mirandas Gedanken zu gehen. Elena fühlte, wie die Traurigkeit schwand und einer Wachsamkeit Platz machte.

*Elena?*, fragte Miranda. *Bist du es wirklich? Und wer ist noch bei dir?*

*Ich, Eusebius*, hörte Elena Eusebius' Gedankenstimme. *Entschuldige, dass ich so einfach in deinen Kopf eindringe, aber wir sind auf der Suche nach dir. Sei vorsichtig und versuche deine Gedanken nach außen abzuschirmen, damit niemand merkt, dass wir Kontakt haben.*

*Eusebius … Aber wie … warum …* Elena konnte ganz deutlich Mirandas Verwirrung spüren. Der erste Impuls war Verlegenheit. Dann Freude. Elena fühlte, wie ihr eigener Bauch warm wurde und zu kribbeln begann.

*Schirme dich ab, Miranda!*, mahnte Eusebius.

Elena konnte spüren, wie es in Mirandas Kopf enger wurde, so als würde rundherum eine Mauer gebaut.

*Wo seid ihr?*, fragte Miranda. *Was habt ihr vor? Könnt ihr mich hier rausholen?*

*Wir werden alles versuchen,* antwortete Eusebius. *Wo bist du?*

Miranda beschrieb nun den Weg. Elena konnte die Bilder des Flusses sehen, den vermummten Fährmann mit seinem Kahn, den dreiköpfigen Hund …

*In Ordnung,* flüsterte Eusebius. *Ich denke, wir werden es schaffen. Halte durch, Miranda, wir sind bald bei dir.*

Die Verbindung brach ab. Elena brauchte zwei Sekunden, bis sie merkte, dass sie noch immer auf dem Treppenabsatz stand. Als sie Eusebius' Hände losließ, fühlte sie sich erschöpft. Die Gedankenkommunikation mit Miranda hatte sie viel Kraft gekostet.

»Was für ein Glück, Miranda scheint unversehrt zu sein.« Die Erleichterung in Eusebius' Stimme war nicht zu überhören. »Jetzt kennen wir auch den Weg. Kommt mit.«

Er ging voraus. Jana und Nele wollten von Elena wissen, ob es ihr gelungen war, mit Miranda Kontakt aufzunehmen. Elena berichtete kurz, was sie erfahren hatte. Während sie erzählte, fragte sie sich, ob Eusebius das Kribbeln im Bauch auch gespürt hatte. Wusste er jetzt, was Miranda für ihn empfand? Sie war in Eusebius verliebt – ganz eindeutig!

# Einen stärkeren Gegner besiegt man nur mit List und Tücke

Der Fluss stank. Jana hielt sich die Nase zu und machte ein angewidertes Gesicht.

»Hier riecht es wie auf dem Friedhof«, meinte Nele und fasste Elenas Arm. »Mir ist unheimlich, Elena!«

»Mir auch«, gab Elena zu. »Aber jetzt gibt es kein Zurück mehr. Es ist zu spät. Wir müssen auf die andere Seite, um Miranda zu befreien.«

»Wir müssen jetzt tapfer sein«, sagte Jana entschlossen, so als wollte sie sich selbst überzeugen. »Eins weiß ich sicher: Falls wir je nach Hause zurückkommen, werde ich nie mehr Angst haben, wenn ich öffentlich Klavier spielen muss. Überhaupt wird mich nichts mehr so schnell aus der Bahn werfen …«

»Wir werden es schaffen«, meinte Elena, während sie den dunklen Fluss betrachtete und schaudernd erkannte, dass Krokodile darin schwammen.

Eusebius ging voraus. In der Ferne war die Anlegestelle des Kahns zu sehen. Der Fährmann kauerte reglos am Ufer und wartete, bis Eusebius und die Mädchen näher gekommen waren. Dann erhob er sich.

»Was gebt ihr mir, damit ich euch über den Fluss bringe?«, fragte er mit rauer Stimme.

»Vielleicht reicht es, wenn du dir das hier ansiehst«, antwortete der junge Hexer und holte das Amulett hervor. Der funkelnde Schein des roten Steins beleuchtete das Gesicht des Fährmanns, das bisher von einer Kapuze verdeckt gewesen war.

Elena blickte in eine Fratze, die von Würmern zerfressen war. Die Nase fehlte, und an der Seite des Gesichts war ein Loch, durch das man den Kieferknochen und die Zahnreihen sehen konnte.

Nele neben ihr unterdrückte einen Schrei. Elena fasste sie am Arm.

»Keine Angst«, flüsterte sie.

»Welch große Kraft!« Karoon bedeckte seine Augen mit der Knochenhand und wich vor dem roten Lichtschein zurück. Der Schatten der Kapuze fiel wieder über sein Gesicht.

»Gut«, knurrte er. »Ich werde euch auf die andere Seite bringen. Steigt ein.«

Der Kahn schwankte, als die Mädchen und Eusebius hineinkletterten und auf den hölzernen Sitzen Platz nahmen. Elena bemühte sich, den unzähligen Augen im Wasser keine Beachtung zu schenken. Es mussten Hunderte von Krokodilen sein!

Der Fährmann sprang in den Kahn, ergriff das Ruder und stieß das Boot vom Ufer ab.

Die Fahrt über den Fluss schien endlos zu dauern. Elena hatte fast den Eindruck, dass der Fluss während des Übersetzens auf magische Weise breiter wurde … Aber vielleicht täuschte sie sich auch. Die Krokodile versammelten sich um das Boot. Ab und zu schnappte eines von ihnen nach Karoons Ruder. Der Fährmann gab ihm einen Schlag auf den Kopf.

»Verschwinde, du Biest! Das ist kein Futter für dich!«

Eusebius lächelte den Mädchen zuversichtlich zu.

Endlich legten sie am anderen Ufer des Flusses an. Karoon zog brummend den Kahn an Land und die Insassen konnten aussteigen.

»Danke für deinen Dienst«, sagte Eusebius.

Aber Karoon hatte es eilig. Er schien Angst davor zu haben, dass der Hexer ihm noch einmal mit dem Amulett ins Gesicht leuchtete und dadurch sein Gesicht sichtbar machte.

Kaum waren Eusebius und die Mädchen ein paar Schritte gegangen, tauchte vor ihnen der dreiköpfige Hund auf und versperrte ihnen den Weg. Eusebius reagierte sofort.

*»Apage!«* Er streckte die Hand aus und schleuderte einen Blitz auf das Tier. Der Hund wich winselnd ein Stück zurück. Erst als der junge Hexer ihm das Amulett zeigte, verschwand er wieder in der Dunkelheit.

Nele war beeindruckt. »Wahnsinn! Das Amulett muss ungeheuer mächtig sein.«

Elena nickte. »Das ist es auch. Vergiss nicht, es hat Mafaldus Horus gehört.«

»Seine Kraft hängt sicher auch mit der schwarzen Magie zusammen, die es ausstrahlt«, flüsterte Jana. »Selbst für eine Million würde ich das Ding nicht anfassen.«

»Hast du dir mein Angebot noch einmal überlegt?«, fragte der Meister der Dunkelheit.

Miranda hockte vor ihm auf dem Boden und hatte die Arme um ihre Knie geschlungen. Sie versuchte Zeit zu gewinnen. Seit dem Gedankenkontakt mit Eusebius und Elena war bestimmt schon eine Stunde vergangen. Miranda fragte sich, wie lange es wohl dauern würde, bis Elena mit Eusebius hier auftauchten würde. Vorausgesetzt, sie fanden sie überhaupt …

»Und wenn ich gar kein Kind bekomme, was ist dann?«, fragte Miranda. »Das ist doch immerhin möglich.«

»Wenn du willst, können wir einen Blick in deine Zukunft werfen«, sagte der Meister. »Oder besser in einen von deinen möglichen Lebensläufen. Für jede Person gibt es nämlich mehr als einen einzigen Weg.«

»Das verstehe ich nicht«, murmelte Miranda.

»Einer deiner möglichen Lebensläufe ist, dass du fortan hierbleibst.« Die Antwort klang leicht ungeduldig. »Ein zweiter Lebenslauf ist, dass ich dich freilasse und dass du mir dein erstes Kind schenkst, wie ich es dir vorgeschlagen habe. Ein dritter Weg ist, dass du zu fliehen versuchst und dabei scheiterst. Ein vierter, dass dir die Flucht gelingt – was aber sehr unwahrscheinlich ist.« Er lachte. »Hast du es jetzt begriffen?«

»Ich denke ja.« Miranda warf einen unauffälligen Blick über den Steg zum Ufer. Noch immer nichts.

»Also – hast du dich entschieden?«, fragte er. »Oder willst du mit mir gleich zur *Insel der verlorenen Träume* gehen, damit du siehst, was du versäumst, wenn du nicht in die Welt der Lebenden zurückkehrst?«

»Lasst mich bitte noch einen Moment in Ruhe nachdenken«, bat Miranda und ließ den Kopf auf ihre Knie sinken.

*Wo bleibt ihr, Elena? Ich habe nicht mehr viel Zeit!! Der Meister der Dunkelheit will mit mir zur Insel der verlorenen Träume …*

Der Thron knarrte, als der Meister der Dunkelheit plötzlich aufstand. Miranda sah erschrocken hoch. Hatte er etwas von ihrem Gedankennotruf bemerkt?

Der Herrscher der Unterwelt kniff die Augen zusammen und starrte aufs Ufer. Jetzt nahm auch Miranda dort eine Bewegung wahr. Eine Gestalt – nein, es waren mehrere … Ihr Herz machte vor Freude einen Hüpfer. Am liebsten wäre sie aufgesprungen und Elena und Eusebius entgegengelaufen, doch sie durfte sich nicht verraten.

»Wer kommt da?«, murmelte der Meister der Dunkelheit. »Mir scheint, es sind keine Dauergäste, sondern nur Besucher … So etwas habe ich gar nicht gern. Sie halten mich nur auf.« Sein Tonfall änderte sich. »Steh auf«, raunzte er Miranda an. »Du hast jetzt lange genug nachgedacht. Ich habe verstanden, dass du mein wohlgemeintes Angebot nicht annehmen willst und nur einen Weg suchst, mich zu überzeugen, dich gehen zu lassen. Hast du ernsthaft gedacht, das funktioniert?«

Miranda kam mühsam auf die Füße. »N-nein, n-natürlich nicht«, stammelte sie.

Eusebius und die drei Mädchen hatten nun den Steg erreicht. Der junge Hexer führte die Gruppe an und schritt furchtlos über die Planken. Mirandas Herz fing heftig an zu klopfen.

Elena war richtig erschrocken darüber, wie erbärmlich Miranda aussah. Sie war blass wie der Tod. Lag es daran, dass sie sich schon so lange in der Unterwelt aufhielt? Oder saugte Mafaldus' schrecklicher Fluch immer noch die Kraft aus Miranda?

»Ich grüße Euch, Meister der Dunkelheit!« Eusebius blieb stehen und neigte vor dem Herrscher der Unterwelt den Kopf. »Wir sind gekommen, um Euch um Mirandas Freiheit zu bitten. Es muss ein Missverständnis sein, dass sie hier ist.«

»Ich muss euch euren Wunsch leider abschlagen«, antwortete der Meister der Dunkelheit. »Ich habe Miranda bereits ein Angebot gemacht, aber sie hat es abgelehnt. Ich bin nicht bereit zu feilschen. Ihr könnt also umkehren und gehen, bevor ich es mir anders überlege und euch auch in der Unterwelt behalte.«

»Es geht nicht, dass Miranda hierbleibt!« Elena wusste selbst nicht, woher plötzlich ihr Mut kam. Sie drängte sich an Eusebius vorbei und stellte sich vor den Herrscher. »Sie ist nicht freiwillig hergekommen. Sie wurde von Mafaldus Horus dazu gezwungen …« Elena zuckte zusammen, als der Meister der Dunkelheit sie ansah. Sein Blick war zornig und eiskalt.

»Ihr seid in meinem Reich, hier gelten meine Regeln und meine Gesetze! Dass ihr es wagt …!«

Elena duckte sich unter seiner Stimme, die wie Donner klang. Aber dann fasste sie sich ein Herz, lief auf Miranda zu und schlang die Arme um sie.

»Ich lasse dich nicht hier, Miranda!«

Miranda fing an zu schluchzen. »Elena, das hat doch keinen Sinn!«

»Hinweg mit euch!«, befahl der Meister der Dunkelheit. »Ihr wagt es, unaufgefordert in mein Reich einzudringen und auch noch Forderungen zu stellen! Geht, bevor ich meine Bestien rufe und auf euch hetze!«

Eusebius fiel auf die Knie. »Bitte habt Nachsehen, großer Meister! Es sind junge Mädchen, und sie sind noch nicht so erfahren … Ich möchte Euch einen Vorschlag machen: Lasst Miranda frei und behaltet mich an ihrer Stelle.«

Elena stieß vor Überraschung die Luft aus. Auch Miranda erstarrte. Nele und Jana klammerten sich aneinander.

»Steh auf«, sagte der Meister der Dunkelheit. »Es ist sehr edel von dir, dass du dich zum Austausch anbietest.«

»Ihr nehmt mein Angebot an?«, fragte Eusebius hoffnungsvoll, als er sich aufgerappelt hatte.

»Ich habe Miranda angeboten, sie freizulassen, wenn sie mir ihr erstes Kind verspricht. Das hat sie abgelehnt. Und ich lehne es ab, dass du, Eusebius, als Austausch hierbleibst. Ich akzeptiere nur einen: Bringt mir Mafaldus Horus zurück, dann lasse ich das Mädchen sofort frei!«

»M-mafaldus Horus«, sagte Eusebius überrascht. »Aber, aber ... das ist unmöglich, wie soll mir das gelingen? Wenn das aber Euer letztes Wort ist, dann muss ich mich fügen. Ich ... ich werde es versuchen, Herr. Seid versichert, dass ich alles tun werde, damit Miranda in die Welt der Lebenden zurückkehren kann.«

»Dann geht!«, befahl der Meister der Dunkelheit. »Ich bin sehr gespannt, ob euch das Unmögliche gelingt.« Er lachte spöttisch. »Miranda wird sich inzwischen mit mir die *Insel der verlorenen Träume* ansehen. Ich bin sicher, dass es für sie eine sehr interessante Erfahrung sein wird. Vielleicht überlegt sie sich mein Angebot dann noch mal ... Kein Mensch verzichtet gern auf seine Lebensträume.«

Der Rückweg kam Elena viel kürzer vor als der Hinweg, aber vielleicht lag es daran, dass sie so abgrundtief verzweifelt war. Wie konnte Eusebius nur so zuversichtlich sein? Mafaldus Horus würde nie im Leben in die Unterwelt zurückkehren, wo er doch alle Hebel in Bewegung gesetzt hatte, um freizukommen!

Karoon ruderte sie murrend wieder über den Fluss. An der Treppe, die in den Dornenbaum hinaufführte, blieb Elena stehen.

»Das hat doch keinen Sinn«, sagte sie und stampfte mit dem Fuß auf. »Mein Vater jagt schon hinter Mafaldus Horus her, aber ich hab keine Ahnung, ob er ihn je erwischt. Schnell geht es bestimmt nicht. Und wir vier kriegen Mafaldus Horus erst recht nicht. Wir haben ja keine Ahnung, wo er sich versteckt.«

»Vielleicht könnten wir ihm eine Falle stellen«, meinte Eusebius, der schon einen Fuß auf der ersten Stufe hatte. »Ihn mit einem Trick anlocken ... Ich will alles tun, damit Miranda freikommt. Ach, ich hatte so gehofft, dass der Meister der Dunkelheit auf mein Angebot eingeht und mich statt Miranda behält. Ich hätte dann vielleicht einen Weg gefunden zu fliehen ...« Er hörte sich erschöpft an.

»Warte mal, mir kommt da eine Idee.« Jana zupfte ihn zaghaft an seinem schwarzen Umhang. »Ich weiß allerdings nicht, ob sie was taugt ...«

Eusebius drehte sich nach ihr um. Auch Elena und Nele sahen Jana gespannt an.

»Erinnert ihr euch noch, wie uns Miranda neulich Frau Treller vom Hals gehalten hat?«, begann Jana zögernd zu sprechen. »Sie hat ein Phantom geschaffen, das Frau Trellers Nachbarin für einen Einbrecher gehalten hat. Miranda hat uns damals erklärt, dass sie dazu den *Doppelgänger-Zauber* benutzt hat. Ich fand das total spannend ...« Sie schluckte. »Vielleicht könntet ihr einen Doppelgänger von Mafaldus schaffen und mit ihm den Herrscher der Unterwelt austricksen?«

Einige Sekunden lang war es totenstill. Vom Fluss her zogen übel riechende Schwaden herüber.

»Jana, du bist genial«, sagte Eusebius schließlich. »Deine Idee ist großartig!«

»Aber wird der Meister der Dunkelheit nicht merken, dass er betrogen wird?«, fragte Elena zweifelnd.

»Wenn der Doppelgänger gut ist, dann wird er es nicht sofort merken«, sagte Eusebius. »Es ist einen Versuch wert. Ich habe jedenfalls keinen besseren Plan! Wir müssen es versuchen! Vielleicht haben wir ja Glück, und Miranda kommt frei.«

Eusebius begann an Ort und Stelle mit den Vorbereitungen und errichtete zunächst einen Schutzkreis für Elena, Nele und Jana. Dann fing er an, komplizierte Zauberformeln zu sprechen und seltsame Symbole in die Luft zu zeichnen. Die Mädchen beobachteten ihn aus sicherem Abstand. Elena hielt den Atem an. Es war bestimmt schwierig, ein Ebenbild von Mafaldus zu schaffen, mit dem sich der Meister der Dunkelheit täuschen ließ. Aber Eusebius besaß schließlich das Amulett – den stärksten Gegenstand aus der Zauberwelt, den Elena kannte. Vielleicht würde die Kraft, die in dem Amulett wohnte, tatsächlich ausreichen, um den Plan durchzuführen.

*»Invenio hominem«*, murmelte Eusebius und hielt das Amulett vor sich in die Luft.

Der rote Stein begann hell zu glühen. Der Lichtschein wurde immer größer und formte sich schließlich zu einer roten Feuergestalt, die Mafaldus Horus' Züge trug.

Nele krallte vor Aufregung ihre Fingernägel in Elenas Arm. »Das ist Wahnsinn!«, flüsterte sie leise.

»Schschsch.« Elena legte den Zeigefinger auf die Lippen. Eusebius durfte bei dem Ritual nicht gestört werden!

Die Feuergestalt wurde blasser und gewann an Festigkeit. Sie sah Mafaldus Horus immer ähnlicher. Nur

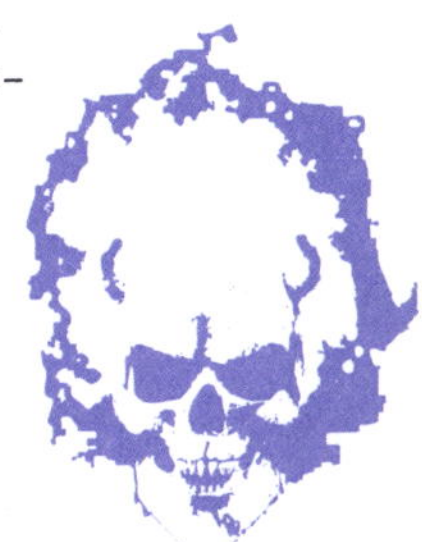

die Umrisse glühten noch, aber schließlich gelang es Eusebius, auch den letzten roten Schimmer verschwinden zu lassen.

»Und nun geh und tu, was ich dir aufgetragen habe!« Mit diesen Worten schickte Eusebius den Doppelgänger auf den Weg.

Die ersten Schritte waren etwas steif, aber dann bewegte sich das Phantom vollkommen natürlich. Man konnte wirklich glauben, den echten Magier vor sich zu haben!

Der falsche Mafaldus Horus ging flussaufwärts in Richtung Anlegestelle. Der schwarze Umhang wehte hinter ihm her.

Eusebius trat aus dem Schutzkreis, den er auch um sich selbst gezogen hatte. Dann kam er zu den Mädchen und reichte ihnen die Hand.

»Ihr könnt jetzt aus dem schützenden Kreis heraustreten. Ich habe mein Bestes getan. Ich glaube, der Zauber ist gut gelungen. Jetzt müssen wir abwarten.« Er holte tief Luft. »Wenn es Mafaldus gelingt, Karoon zu täuschen, dann wird es auch beim Meister der Dunkelheit gelingen.«

Elena bewegte sich auf Zehenspitzen zum Fluss. Ganz in der Ferne sah sie, wie der Kahn über den Fluss glitt. Im Innern saßen zwei Leute. Es klappte! Am liebsten hätte sie laut gejubelt.

»Und?«, fragte Eusebius, der hinter sie getreten war.

»Es funktioniert«, flüsterte sie aufgeregt und drückte ihm dankbar den Arm.

Miranda konnte es nicht fassen. Vor ihr saß eine ältere Miranda, vielleicht Ende Zwanzig. Sie arbeitete an einem Computer, der viel moderner aussah als das Gerät, das bei den

Bredovs zu Hause stand. Miranda trug ein elegantes Kostüm und hatte die Haare hochgesteckt. An ihrer Brusttasche war ein kleines Schildchen befestigt. Die junge Miranda musste sich weiter vorbeugen, um es zu entziffern. Sie las:

*Miranda Leuwen*

*Diplomatin*

Sie seufzte sehnsüchtig. Das also war sie selbst – in einigen Jahren! So würde es sein, wenn ihr Traum in Erfüllung gehen würde!

Dann kam Miranda wieder zur Besinnung – und das Bild vor ihr verschwamm. Sie erinnerte sich wieder, wo sie war: Auf der *Insel der verlorenen Träume.*

Tränen traten ihr in die Augen. Sie würde niemals Diplomatin sein …

Da aber tauchte aus dem Nebel schon die nächste Vision auf.

Wieder eine ältere Miranda, diesmal mit offenen Haaren und etwas in Hektik. Das Gesicht aber sah gelöst und glücklich aus. Sie drehte sich nach einem Mann um, der hinter ihr stand, umarmte und küsste ihn.

Es durchfuhr Miranda heiß, als sie den Mann erkannte: Es war eindeutig Eusebius. Ein liebevoller Ausdruck lag auf seiner Miene. Seine Augen glänzten, als er die ältere Miranda an sich drückte.

Plötzlich kamen zwei Kinder angelaufen, ein Junge und ein Mädchen – Zwillinge, vielleicht vier Jahre alt. Sie zogen Miranda ungeduldig am Kleid und verlangten nach Süßigkeiten.

*Meine Kinder,* dachte Miranda und ihr Magen zog sich zusammen. *Verlorene Träume …*

Wieder verschwand das Bild in den Nebelschwaden.

»Na, hast du genug gesehen?«, fragte der Meister der Dunkelheit, der neben ihr stand. »Sollen wir zurückgehen?«

Miranda konnte nur nicken, weil ihr die Stimme versagte. Der Kloß in ihrer Kehle war zu groß.

Je länger Elena wartete, desto mehr war sie davon überzeugt, dass die Sache schiefgehen würde. Wie viel Zeit war inzwischen vergangen, seit sich der Doppelgänger auf den Weg gemacht hatte? Es mussten Stunden sein ... Vielleicht war Eusebius' Zauber zu schwach, und der falsche Mafaldus löste sich auf, bevor er sein Ziel erreichte ...

Verzweifelt legte Elena ihren Kopf auf die Knie. Sie hockte auf der Treppe. Nele saß neben ihr und legte den Arm um sie.

»Das wird schon«, murmelte sie, aber es klang nicht sehr überzeugt.

*Und wenn nicht?,* dachte Elena. Wenn der Plan schiefging, dann war Miranda verloren und musste für immer in der Unterwelt bleiben. Elena schluckte. Dann würden sie nie wieder zusammen hexen. Sie würden nie wieder zusammen lachen. Sie würden nie wieder nachts auf Elenas Bettkante sitzen und endlos quatschen ...

Elena schniefte und wischte sich über die Augen. Inzwischen knurrte ihr Magen wie ein hungriger Wolf, aber sie war überzeugt, dass sie keinen Bissen herunterbringen würde.

»Da kommt sie«, sagte Jana plötzlich. Sie war aufgestanden und hatte am Flussufer Ausschau gehalten.

Elena hob ungläubig den Kopf. Nele stand auf und zog sie hoch. Sie gingen zu Jana und schauten flussaufwärts.

»Dort ist sie.« Jana deutete mit dem Zeigefinger.

Tatsächlich! Miranda ging am Flussufer entlang und kam auf sie zu. Sie bewegte sich unsicher, fast wie eine Schlafwandlerin, so als könnte sie es selbst nicht fassen, dass sie frei war.

Jana, Nele und Elena wechselten einen Blick. Sie verstanden sich ohne Worte und rannten los, um Miranda zu empfangen. Eusebius lief hinterher.

»Miranda!« Elena war die Erste. Sie schlang die Arme um Miranda und presste sie fest an sich. »Was bin ich froh, dass du wieder da bist!«

Miranda wirkte unendlich erschöpft. »Ich bin auch so froh«, sagte sie mit schwacher Stimme. »Obwohl ich noch immer nicht verstehen kann, dass Mafaldus es sich auf einmal anders überlegt hat und zurückgekommen ist. Der Meister der Dunkelheit war auch überrascht und hat ihn gefragt, ob ihm sieben Jahre Freiheit vielleicht zu wenig sind. Mafaldus hat dann gesagt, das sei ein unfaires Angebot, und ihm sei erst jetzt aufgegangen, dass er bei dem Deal ganz schön über den Tisch gezogen worden ist. Daraufhin haben sich die beiden heftig gestritten und der Meister der Dunkelheit ließ mich gehen. Ich kann es noch gar nicht glauben, dass ich frei bin.« Sie schüttelte den Kopf.

Elena biss sich auf die Lippe. Am liebsten hätte sie Miranda sofort alles erzählt. Doch sie sagte: »Wir erklären dir, was wir gemacht haben, wenn wir die Unterwelt verlassen haben.«

Auch Nele und Jana umarmten Miranda. Dann stand Eusebius vor ihr. Er zögerte einen Augenblick, aber dann nahm er Miranda ebenfalls in die Arme. Sie lehnte den Kopf an seine Brust und seufzte. »Ich hab dich gesehen … auf der *Insel der verlorenen Träume* …« Sie schluchzte auf und befreite sich dann aus seiner Umarmung. »Entschuldige, aber ich bin einfach völlig fertig!«

Eusebius nickte. »Das ist kein Wunder.« Er reichte ihr den Arm und sie hakte sich unter. Zusammen gingen sie zur Treppe. Elena, Nele und Jana folgten. Hoffentlich schaffte es Miranda in ihrem Zustand überhaupt, die vielen Stufen hochzusteigen!

Miranda setzte gerade ihren Fuß auf den ersten Absatz, als Elena hinter sich ein Geräusch hörte. Sie drehte sich um und blickte zum Fluss. Voller Entsetzen sah sie, wie die Krokodile das Wasser verließen und ans Ufer krochen.

»Eusebius!«, schrie Elena. »Die Krokodile! Sie verfolgen uns!«

»Wie?« Der junge Hexer wirbelte herum. Er streckte seinen Arm aus und feuerte magische Blitze auf die Krokodile ab. Die Tiere wurden ein Stück nach hinten geschleudert, fingen aber sofort wieder an, in Richtung Treppe zu kriechen.

»Hilf mir, Elena«, rief Eusebius. »Der Doppelgänger-Zauber hat mich geschwächt, ich habe nicht mehr sehr viel Kraft!«

Elena konzentrierte sich und versuchte mit Zauberkraft die Krokodile aufzuhalten. Es gelang ihr, einen magischen Zaun zu errichten. Leider fiel er ziemlich niedrig aus, und die ersten Tiere kletterten ohne große Mühe über die Absperrung.

»Die Treppe hinauf!«, befahl Eusebius. »Rasch! Wir müssen schneller sein!«

Miranda lief, so schnell sie konnte. Eusebius holte sie ein und schob von hinten. Nele, Jana und Elena schoben wiederum den Hexer. Alle sahen sich immer wieder hektisch um.

Plötzlich spritzte Flusswasser. Ein heiseres Gebell ertönte. Elena sah voller Angst, dass Zerberus den Fluss überquerte. Er schwamm nicht, sondern sprang von Krokodil zu Krokodil. Dann hatte er das Ufer erreicht, rannte zur Treppe und erklomm die Stufen. Die sechs Augen glühten. Geifer tropfte aus den Mäulern.

»Schneller!«, rief Eusebius. Er wandte sich um und streckte seinen Arm aus. »*Apage!*«

Ein grüner Blitz schleuderte Zerberus auf den Boden. Einen Augenblick blieb er dort wie betäubt liegen, dann kam er wieder auf die Beine und nahm die Verfolgung auf. Seine Wut schien noch größer zu sein als vorher.

Eusebius schleuderte ihn ein zweites Mal die Stufen hinunter, aber diesmal fiel der Blitz wesentlich schwächer aus als beim ersten Mal. Zerberus war sofort wieder auf der Treppe. Eusebius' dritter Blitz war noch schwächer. Diesmal wankte Zerberus nur, aber er fiel nicht.

»Mist!«, keuchte Nele. Sie war genauso außer Atem wie die anderen. Sie hatten noch nicht einmal die Hälfte der Treppe hinter sich. »Das schaffen wir nie!«

Elena hatte das Gefühl, dass Zerberus gleich nach ihren Knöcheln schnappen würde. Was sollte sie nur tun? Voller Verzweiflung bewegte sie den Arm, und eine Wolke aus braunem Staub rieselte aus ihrer Hand. Es war der schärfste Pfeffer, den sie zaubern konnte …

Zuerst sah es so aus, als würde der Pfeffer kein bisschen wirken. Zerberus schien ihnen genauso schnell zu folgen wie vorher. Doch dann fing der erste Kopf an zu niesen. Der lange Hals bewegte sich hin und her. Die glühenden Augen begannen zu tränen. Kurz darauf erwischte es auch den zweiten Kopf. Der dritte folgte. Niesend und japsend stand Zerberus auf der Treppe. Die Augen blinzelten und sonderten grünen Schleim ab, der den Hund blind machte. Ungeschickt erklomm er die nächsten Stufen und stieß sich dabei einen seiner Köpfe. Er winselte laut.

Inzwischen hatten Eusebius und die vier Mädchen einen Vorsprung. Nur noch wenige Stufen … Schon schimmerte Licht durch die Öffnung des Dornenbaums. Miranda war die Erste, die ins Freie stolperte. Völlig erschöpft und ausgepumpt fiel sie auf den Boden und rang nach Luft.

Eusebius wartete, bis auch die drei anderen Mädchen ins Freie gesprungen waren. Dann zog er das Amulett hervor.

»Hilf mir, Elena«, bat er. »Wir müssen den Eingang schließen, bevor Zerberus nachkommt.«

Elena nickte. Sie hörte den Hund schon auf der Treppe keuchen. Anscheinend ließ die Wirkung des Pfeffers allmählich nach.

»Gib mir deine Hand«, befahlt Eusebius. »Ich brauche deine Zauberkraft.«

Elena legte ihre Hand in seine, schloss die Augen und versuchte sich auf ihre magischen Kräfte zu konzentrieren. Sie fühlte, wie ihre Kraft in Eusebius' Hand floss. Durch die geschlossenen Augenlider hindurch sah sie den roten Schein des Amuletts und spürte seine Wärme. Eusebius murmelte einen Zauberspruch. Elena war sich sicher, dass er diesmal die Runensprache verwendete, Worte von urtümlicher Kraft. Schließlich stieß er einen tiefen Seufzer aus.

»Geschafft«, keuchte er. »Gerade noch rechtzeitig.«

Elena machte die Augen wieder auf. Die Öffnung im Dornenbaum hatte sich geschlossen. Doch in der Rinde war eine kleine Ausbuchtung – Zerberus' Pfote.

»Danke«, sagte Eusebius und lächelte sie an. »Ohne deine Hilfe hätte meine Kraft nicht ausgereicht.«

Er ließ sich auf den Boden fallen. Elena setzte sich neben ihn. Es dauerte eine Weile, bis sich ihr Herzschlag beruhigt hatte.

»Der Doppelgänger-Zauber muss aufgeflogen sein«, sagte Eusebius. »Deswegen hat der Meister der Dunkelheit Zerberus auf uns gehetzt.«

»Und die Krokodile«, sagte Nele.

»Ja, auch die.« Der Hexer nickte.

»Doppelgänger?«, fragte Miranda. »Dann war Mafaldus gar nicht echt?«

»Ja«, sagte Elena. »Es war Janas Idee. Sie hat sich daran erinnert, wie du vor ein paar Wochen das Phantom gezaubert hast – den vermeintlichen Einbrecher, der es auf Frau Trellers Wohnung abgesehen hatte.«

»Wow!«, sagte Miranda. »Und der Meister der Dunkelheit ist darauf hereingefallen – genau wie ich.«

»Das hätte auch schiefgehen können!«, sagte Eusebius.

»UND WIE SCHIEF DAS HÄTTE GEHEN KÖNNEN!«, ertönte eine Stimme.

Alle fuhren erschrocken hoch.

In der Luft erschien ein Wirbel aus grünem Neonlicht.

Jana packte Elenas Arm. »Jetzt kommt der Meister! HILFE!«

Der grüne Wirbel kam zum Stillstand und wurde zu einer Gestalt. Elena traute ihren Augen nicht.

»Oma Mona!« Sie sprang überrascht auf. »Wo kommst du denn her?«

»Ja, ich bin's«, rief Mona. Sie trug einen grünen spitzen Hexenhut, dessen Farbton exakt zu ihrem grünen Gewand passte. »Ich habe beschlossen, nach dem Rechten zu sehen, damit mir keiner vorwerfen kann, dass mir Mirandas Schicksal gleichgültig ist. Gerade komme ich von ihren Eltern, die machen sich große Sorgen, weil ihre Tochter weg ist. – Aber sag mal, seid ihr alle wahnsinnig geworden?« Sie schaute ihre Enkelin streng an. »Bist du von allen guten Geistern verlassen, dass du deine Menschenfreundinnen in die Hexenwelt mitnimmst?«

»Zufällig hatte eine von meinen Menschenfreundinnen die rettende Idee«, erwiderte Elena. »Nur so ist es uns gelungen, Miranda aus der Unterwelt zu befreien!«

»Unterwelt, sagst du?«, fragte Mona. »Miranda war in der Unterwelt? Wie ist sie denn dorthin gekommen?«

Elena nickte und berichtete, was Mafaldus Horus getan hatte. Und dann erzählte sie, dass sie mit Eusebius, Jana und Nele selbst in die Unterwelt hinabgestiegen war, um Miranda zu befreien, und dass es ihnen mit dem Doppelgänger-Trick gelungen war.

»Es war total knapp, und fast hätte uns Zerberus noch erwischt«, schloss Elena ihren Bericht.

Mona trat zum Dornenbaum und prüfte die Beschaffenheit der Rinde. »Hoffentlich habt ihr den Zugang zur Unterwelt auch ordentlich versperrt. Mit so etwas ist nicht zu spaßen ... Das Tor muss richtig versiegelt werden, sicherheitshalber ...«

Sie sprach einen starken Zauber. Die Zerberus-Pfote verschwand. An den Zweigen des Dornenbaums erschienen lauter grüne Knospen. Mona lächelte.

»Entschuldige, Eusebius.« Sie wandte sich an den jungen Hexer. »Nicht, dass ich an deinen Fähigkeiten zweifle, aber ich wollte die Pforte zur Unterwelt nur noch etwas gründlicher verschließen.«

»Vielen Dank«, sagte Eusebius. »Ich hatte zuletzt einfach keine Kraft mehr.« Er hielt das Amulett in der Hand und reichte es Elena. »Schau mal, Elena. Das Amulett – es hat sich verändert.«

»Wie verändert?«, fragte Elena. Der rote Stein funkelte noch immer.

»Leg deine Hand darauf«, sagte Eusebius.

Elena tat es. Eusebius legte seine Hand auf ihre. »Und was fühlst du, Elena?«

»Magie.«

»Mach die Augen zu.«

Elena schloss die Augen und konzentrierte sich auf das Amulett. Sie spürte eine starke Macht – gleichmäßig und beruhigend.

»Es ist weiße Magie«, sagte sie und machte die Augen wieder auf.

Eusebius nickte. »Dadurch, dass ich Mafaldus' Doppelgänger geschaffen habe, ist der schwarzmagische Anteil des Amuletts aufgebraucht worden.«

Elena schluckte. »Wer hätte das gedacht …«

»Ich werde das Amulett Leon wiedergeben«, sagte Eusebius und steckte es zurück in seinen Halsausschnitt.

»Ja, und da kannst du ihm gleich ausrichten, dass ich stinksauer auf ihn bin«, mischte sich Mona ein. »Ich habe per *Transglobkom* Kontakt mit ihm aufgenommen und erfahren, dass Elena hier ist. Zusammen mit zwei Menschenmädchen! Aber anstatt dass sich mein feiner Schwiegersohn um dieses Problem kümmert, läuft er lieber wieder irgendwelchen dubiosen Geheimaufträgen nach.«

»Er verfolgt Mafaldus Horus«, erklärte Elena. »Den echten, meine ich.«

Mona schnaubte verächtlich. »Und deswegen bleibt es wahrscheinlich wieder an mir hängen, euch nach Hause zu bringen.« Sie blickte zu Jana und Nele. »Eure Eltern werden sich bestimmt schon Sorgen machen. Sie wissen doch hoffentlich nicht, wo ihr seid?«

Nele grinste. »Nein, die haben zum Glück keine Ahnung, dass wir mit echten Hexen befreundet sind.«

»Aber Sorgen machen sie sich inzwischen garantiert«, sagte Jana. »Wir sind ja schon eine Weile unterwegs und sie haben die ganze Zeit nichts von uns gehört.«

Mona winkte ab. »Keine Bange, die Sache werde ich mit etwas Zeitzauberei in Ordnung bringen.«

»Sei vorsichtig, Oma«, sagte Elena.

»Das bin ich doch immer.« Mona sah Elena an. »Oder etwa nicht?«

Elena lächelte nur.

»Wenn ich darf, möchte ich Sie und die Mädchen gern nach Hause begleiten«, sagte Eusebius.

»Hat das einen bestimmten Grund, junger Mann?«, wollte Mona wissen.

»Oh ja, den hat es«, sagte Eusebius. »Ich möchte mich vergewissern, dass Miranda heil ankommt. Und dass es ihr wirklich gut geht – nach der ganzen Aufregung und ihrem Aufenthalt in der Unterwelt.«

»Nun gut«, sagte Mona. »Aber ich bitte dich, dass du anschließend bei Mirandas Eltern vorbeischaust und ihnen erzählst, dass Miranda inzwischen wieder wohlbehalten bei uns gelandet ist.«

»Natürlich, das mache ich«, versprach Eusebius.

Damit erhob sich Mona. »Gib mir deine Hand, Elena. Und ihr beiden auch, Nele und Jana. Wir reisen in die Menschenwelt zurück.«

»Da-darf ich … darf ich mit Eusebius zusammen reisen?«, fragte Miranda.

Mona zögerte. »Meinetwegen.«

Elena griff nach Monas und Neles Hand. Jana schloss den Kreis, indem sie Neles und Monas Hand fasste.

»Seid ihr bereit?«, rief Mona. »Es geht gleich los!«

Die Umgebung fing an, sich zu drehen – erst langsam, dann immer schneller. Ein grüner Wirbel entstand, so grün wie der, in dem Mona zuvor erschienen war. Elena wurde es schwindelig. Trotzdem konnte sie noch sehen, wie Eusebius und Miranda aufbrachen.

Ihr Wirbel war rot … und Elena bildete sich ein, dass er eine leichte Herzform annahm. Aber vielleicht war es auch eine optische Täuschung …

**Amormagie:**
Wenn eine Hexe verliebt ist, treten während des Schlafs oft Lichterscheinungen in der Nähe des Betts auf. Manchmal entstehen auch Gestalten und Figuren, die aber in der Regel zerplatzen, wenn jemand sie anspricht.

**Elysion:**
Eine Insel, auf der immer Frühling ist und paradiesische Zustände herrschen.

**Gedankennotruf:**
Verständigung ohne Hilfsmittel – direkt von Gehirn zu Gehirn. Da es sehr unangenehm sein kann, ist diese Art der Verständigung nur in Notfällen erlaubt.

**Graue Zauberer:**
Zauberer, die sich mit Angelegenheiten des Alltags beschäftigen und regelnd darauf einwirken. Sie benutzen nicht nur weiße, sondern auch graue Magie, um Strafen zu verhängen.

**Großes Zaubereigesetzbuch:**
Umfangreiches Gesetzbuch, das genauestens regelt, wer welche Zaubersprüche im täglichen Umgang anwenden darf.

**Grüne Zauberer:**
Zauberer, die im Einklang mit der Natur zaubern und für Harmonie und Ausgewogenheit sorgen.

**Hexendiplomat:**
Vermittler zwischen der Hexen- und der Menschenwelt. Dieser Beruf erfordert sehr viel Einfühlungsvermögen und Fingerspitzengefühl, weil die Beziehungen zwischen den Menschen und den Hexen sehr gespannt sind – bedingt durch die vielen Vorurteile, die beide Seiten voneinander haben. Außerdem gab es in der Vergangenheit grausame Hexenverfolgungen, und es ist viel Unrecht geschehen, das nicht mehr gutgemacht werden kann. Das langfristige Ziel des Hexendiplomats sollte sein, Hexen und Menschen miteinander zu versöhnen, sodass sie friedlich miteinander umgehen können.

**HEXIL:**
Längerer Aufenthalt in der Menschenwelt, meist zu Forschungszwecken.

## Höhere Zauberei:
Fortgeschrittene Magie, zu der die Erlaubnis erteilt werden muss.

## Kommunikationskugel:
Amulett, mit dem sich die Hexen und Zauberer verständigen.

## Kopfkonferenz:
Methode, sich per Gedanken zu verständigen, ohne dass Außenstehende etwas davon mitbekommen. Eine Kopfkonferenz kann am Anfang ziemlich anstrengend sein und muss eingeübt werden.

## Landeszauberamt:
Behörde, die unter anderem Reisen in die Menschenwelt regelt.

## Lebenszauber:
Sehr schwieriger Zauber aus dem Bereich der weißen oder der grauen Magie. Er soll den Sterbeprozess eines Lebewesens aufhalten oder rückgängig machen. Da man sich nicht der schwarzen Magie bedienen bedarf, erfordert ein Lebenszauber sehr viel Geduld und großes Können. Es ist auch nicht sicher, ob er wirklich gelingt – selbst wenn eine erfahrene Hexe ihn anwendet. Alle Prozesse, die mit dem Tod zusammenhängen und ihn aufhalten oder umkehren sollen, gehören traditionell eher in den Bereich der schwarzen Magie, weil solche Zaubereien in den natürlichen Ablauf des Lebens eingreifen.

## Magic Scanning:
Untersuchung einer Person oder eines Tieres mithilfe von magischen Kräften, um festzustellen, ob die inneren Organe in Ordnung sind. Der Zauberheiler berührt den Patienten sanft und langsam. Dabei konzentriert er sich auf die inneren Bilder, die in seinem Kopf auftauchen. Auf diese Weise können Verspannungen und Blockaden entdeckt werden.

## Metamorphose:
Verwandlung in ein Tier (gehört zur *höheren Zauberei*).

## Oberamtszaubermeister:
Oberster Beamter des Landeszauberamts.

**✶ Outsider-Hill:**

Hügelige, sehr schlechte Wohngegend für ausgestoßene und entehrte Zauberer- und Hexenfamilien.

**✶ Purpur-Bewegung:**

Zauberrituale, bei denen die Farbe Rot eine wichtige Rolle spielt. Auch Blut wird verwendet.

**✶ Runensprache:**

Uralte Sprache von großer magischer Kraft. Sie wird nur von wenigen Hexen perfekt beherrscht.

**✶ Schwarze Zauberkutten:**

Geheimgesellschaft, die schon seit mehr als einem Jahrhundert verboten ist. Ihre Mitglieder beschäftigen sich mit schwarzer Magie und vollziehen verbotene Zauberrituale.

**✶ Tartaros:**

Sehr ungemütlicher Teil der Unterwelt, nämlich die Hölle.

**✶ Teleportieren:**

Wenn man sich von einem Ort zum anderen zaubert und dabei keine Fremdmittel wie Schleusen, Portale oder Besen verwendet, spricht man vom Teleportieren.

**✶ Transglobkom:**

Amulett, das die Kommunikation zwischen Hexenwelt und Menschenwelt ermöglicht. Funktioniert im Prinzip wie eine Kommunikationskugel, hat aber größere Reichweite.

**✶ Veitstanz:**

Unermüdliches Tanzen, oft tagelang, ausgelöst durch einen Zauberfluch. Die Opfer tanzen bis zur völligen Erschöpfung oder sogar bis zu ihrem Tod.

**✶ ZGPO:**

Abkürzung für zauberische Geheimpolizei.

Bereits erschienen:

# MAGIC GIRLS

## Der verhängnisvolle Fluch

978-3-7607-2823-0

## Das magische Amulett

978-3-7607-2824-7

## Das Rätsel des Dornenbaums

978-3-7607-4055-3

## Gefangen in der Unterwelt

978-3-7607-4179-6

## Die große Prüfung

978-3-7607-5055-2

## Späte Rache

978-3-7607-5230-3

## In geheimer Mission

978-3-7607-6378-1